U0900780

沈从文别集

柏子集

沈从文 著

江蘇教育出版社
JIANGSU EDUCATION PUBLISHING HOUSE

图书在版编目(CIP)数据

柏子集/沈从文著.
南京:江苏教育出版社,2005.4
(沈从文别集)
ISBN 7-5343-6442-6

Ⅰ.柏...
Ⅱ.沈...
Ⅲ.短篇小说—作品集—中国—现代
Ⅳ.I246.7

中国版本图书馆 CIP 数据核字(2005)第 031734 号

出版者　江蘇教育出版社
社　址　南京市马家街 31 号　邮政编码 210009
网　址　http://www.1088.com.cn
出版人　张胜勇

书　　名　柏子集
作　　者　沈从文
编　　选　刘一友　向成国　沈虎雏
责任编辑　邓冀粤
集团地址　凤凰出版传媒集团有限公司
　　　　　(南京市中央路 165 号　邮政编码 210009)
集团网址　凤凰出版传媒网 http://www.ppm.cn

经　　销　全国新华书店
印　　刷　中煤涿州制图印刷厂
厂　　址　河北省涿州市范阳西路 21 号　电话　0312－3685460
开　　本　880×1270 毫米　1/32
印　　张　7　插页 2
字　　数　113 000
版　　次　2005 年 4 月第 1 版
印　　次　2005 年 4 月第 1 次印刷
印　　数　0001—5100
定　　价　15.80 元
发行热线　010－88876731
编辑热线　010－88876730

苏教版图书若有印装错误可向承印厂调换

再版序

上个世纪五十年代，不少喜爱文学的读者迷上了契诃夫，这跟平明出版社接连推出27册汝龙翻译的《契诃夫小说选集》直接有关。

那时我家至少有三个契诃夫迷：做文学编辑的母亲、哥哥和我。谈论哪篇小说怎么怎么好，是不倦的话题。已经退出文坛改了行的父亲不参与，只有时微笑着对外人说："家里有三个契诃夫的群众。"

汝龙译的这套选集可贵之处，首先在于对作品的精选；第二是选进一些契诃夫的书信、札记，别人对他的回忆、评论等，分编到不同集子里，这些文字拉近了读者和作者的距离，是汝龙先生锦上添花的贡献。

到1992年编选《沈从文别集》的时候，我们自然想到从平明版《契诃夫小说选集》取法。这也是父亲的愿望，尽管他不参与"契诃夫群众"的热情讨论，汝龙这套译本的长处他胸中有数。

我问过父亲汝龙为什么常赠送新书？他只简单说："是朋友。"

母亲的补充才说清楚："他翻译的那套英文契诃夫小说是我送的。"

据我充和四姨回忆，1932年暑假，一个"说是由青岛来的，姓沈，来看张兆和的"羞涩客人，初次登苏州张家门，带的一大包礼物"全是英译精装本的俄国小说"。加尼特夫人的一套英译《契诃夫小说集》就在其中。

不懂外文的沈从文怎么买洋书？四姨说那是过上海时托巴金选购的。

父亲曾希望母亲朝文学翻译方面发展，送这样礼物包含着鼓励。愿望虽然没实现，礼物却终于转到最合适的人手里，促成被誉为契诃夫小说"最佳译本"的产生。朋友的成就四十年后启发着《沈从文别集》的编选工作。

当本书再版之际，我们感谢与它有缘分的几位文学前辈，也要感谢为我们想出《沈从文别集》总书名的汪曾祺先生。

沈虎雏

2005年3月11日

总序

从文生前，曾有过这样愿望，想把自己的作品好好选一下，印一套袖珍本小册子。不在于如何精美漂亮，不在于如何豪华考究，只要字迹清楚，款式朴素大方，看起来舒服。本子小，便于收藏携带，尤其便于翻阅。八十年代初，有一家书店曾来联系过，也曾请人编了一套，交付出去。可是，落空了，未能实现。我一直认为是一件憾事。

现在湖南岳麓书社要为从文出书，我同虎雏商量，请吉首大学沈从文研究室合作，编选这么一套。这套选本和以前选法编法不同。我们在每本小册子前面，增加一些过去旧作以外的文字。有杂感，有日记，有检查，有未完成的作品，主要是书信——都是近年搜集整理出来的，大部分未发表过。不管怎样，这些篇章，或反映作者当时对社会、对文艺创作、对文史研究……的一些看法，或反映作者当时的处境，以及内心矛盾哀乐苦闷，把它们发表出来，容或有助于读者从较宽的角度对他的作品、对他的为人以及对当时的环境背景有进一步了解。

出这套书，当然，同时也了却死者和生者的一点心愿。

张兆和

一九九一年十一月二十九日

目　录

一个母亲

新 废 邮

未寄到的复教员朋友问

毅汉先生：得你来信，深感厚意。上次各位相访，我和家中人都留下极愉快印象。我应当多听听你们提的问题才对！极可惜，即我说话口音不正，不仅你们不易听懂，事实上，在这里有个主持“文字改革”的亲戚，有四十年来往，他也只能听懂一半。家中一个孙女，在我身边长大，我说的话也经常还听不懂！抱歉以外，也可证明我学习语言及适应环境能力之差，真到惊人程度。这次你们来的时间稍早了些，若四月半来，对于北京所得印象会好一些。因为几十种北方特别著名花木，多集中在四月中旬后开放，再不多久，就进入初夏了。

你问的张爱玲，我和家中人均未认识。张家在合肥是个大族，“和”字辈弟兄姐妹多达百十人，有大半就未见过。抗战八年中，我一家大小四人，在昆明乡下住了八年，复员后才返回北京。

关于写作，早已无发言权，所有作品，多是四十年前学习用笔完成的。照我自己估计，离“及格”还远。原以为能再延长廿年，驾驭文字、组织故事能力，会比较成熟，再有计划使用到最需要方面，才对得起这个工作。只是社会变化迅速，对于文学要求又新。新社会凡事重“实事求是”，我为人性格迟钝板滞，旧的方法“已过时”，新的方法一时“学不会”，所以离开了学校和“空头作家”名分……近三十年来，国内有的是万千伟大作品，产生于有思想、有经验、有才气的作家手中。由于能够密切配合国家需要，作品多以百万计分布于全国，起伟大作用和长远影响。并且正在世界上发挥强大的影响。至于我，过去还可聊以解嘲，像个“打前站的哨兵”，现在看来，即这点小作用也说不上了。因为国内十几个著名大专学校教现代中国文学的教师，并我姓名也多不知道，可见历史是十分公正的，毫不含胡。我冒充“假里手”可行不通的。我成为过时人物，这是十分公平合理的事。必需承认这种“现实”，并接受现实，才不至于出意外问题。好在国家大，正有千万种事待人沉默努力去作，我似乎应分先从作到一个公民应尽的责任，和亿万在各种不同工作岗位上的人一样，扎扎实实尽可能把目前工作逐一加以完成，才像个新中国的新公民！至于过去四十年，为了练笔而写成的不三不四作品，在国内说来，即点缀性也并不多了。

你提及契诃夫和我那些习作差别，很有见解。性格上可能也有些相近处。虽然教育不同，生活背景也不相同，对人生抱一种悲悯心情，似乎有些相近处。他是个医生，身体又多病，笔下涉及的旧俄农村社会种种，特别是下层人民，总充满了悲悯同情。我是从小就在各种穷困中活过来的人，某些方面更容易对他们感到一种亲切的爱。对于他们的喜怒哀乐，也更贴心一些。相反，对于大城市社会上层的高知而兼官，却缺少相同好感。这也许实出于"无知"，接触范围极窄。虽在大都市混了快六十年，较接近的也仅限于大学校里的文科中老同事，和弄笔杆子的一部分旧同行。在近半世纪"社会教育"中，有些人最精明处，似乎一律是"世故哲学"高于其他知识，因此在新旧社会都吃得开。至于我，最拙劣处便是这份应世不可少的"巧"处，我始终学不好，因此生活上永远吃不开。支配我行动的，永远是一种"理想"，在现实社会中既行不通，且极容易转成笑料，进而成为过失。因此生活和工作都必然难免打败仗。生活上希望能作到契诃夫晚年那样，在乡村里有个小小的家，也不大可能。至于作品，那就更难望如契诃夫在苏联情形了。

因为我活着时，就早已为人忘记，或反复不厌其烦的加以否定，哪能对死后还抱不切现实的妄念和幻想？主要毛病，大致还是没有受过正常教育，也即不懂人情世故。应付文字的能力，即或可望逐渐提高，应付人事的能力，却永远居于极端劣势。司马长风和夏志清先生批评中，都提到我作品中有点"道家"影响。事实上在生活中反映"与人无争"、"为而不有"态度即更显明。八个字直译过来，就是"人不中用"，"迂腐到不可救药"的明确证据。"单打一"

的做人方式，肯定是永远吃不开的，也值不得学习的！国家在前进中，个人得失未免太渺小不足道。

你若教中学语文，让同学多看些杂书，学会叙事抒情比会作论文有用。

近因一病数月，不能起床，尊信迟迟作复，想能原谅，并候安佳。

沈从文

六月十日北京

因失去尊处通信地址，最近始发现，致复信一搁半年，深感抱歉！

从文

八月廿一

编辑部诸先生：这个信是回复王毅汉先生的，照他写的通信地址寄去，说已迁居。他原信中提到和你们相熟，因此试请你们转转，极感谢。无着落，也即把这个信留给各位作个纪念吧。因为内中也多半近于向诸先生到北京来相看时，一番厚意深情的回答。诸位出的专刊三文，我和家中人看过后都觉得极好。只是把我这过时的老人，说得过好，未免增愧。

我后天将离北京，约三个月才回来。回来时一定另外写个信给各位。祝工作顺利！

沈从文

十月廿五日①

---

① 此信写于1980年。

谈话录

答凌宇问

1.生年?

一九〇二年旧历十一月二十九日丑时生。

2.曾用过的笔名及发表过作品的刊物?

不可能记得。至于刊物,在三十年代前后,几乎京沪大刊物都有作品发表,大书店都出过我的集子。有的新书店最先出我的集子,并不是作品有什么大不了的成就,只不过是在比较中,还能引起读者兴趣而已。有人因此骂了我三十年,以至五十年,直到如今,还"依样画葫芦"的,在现代文学史中总得带上一笔。事实上我因此改了业,三十年来在博物馆做工作。

3.共出过多少集子?未成集的单篇有多少?

已过了三十年,全烧掉了,不宜再想它。提它毫无意义。

4.您是如何与徐志摩结识的?

因投稿而相熟。我对于他的散文和诗的成就，都感到极大的兴趣，且比较理解他对人的纯厚处，和某些人说的“花花公子”完全不同。所以我在一九三六年良友出的《习作选》题记中，提到他对我的好影响。到我作《大公报》文艺副刊编辑时，对陌生作者的态度，即充分反映出他对我的好影响。工作上要求自己较严，对别人要求却较宽。

5.您是何时认识胡也频的？

大革命以前几年即相熟。他成为左翼作家，是最后两年事。

6.您曾将《柏子》与《八骏图》对比，应当如何理解？

前者单纯，后者复杂，如此而已。

7.《废邮存底》中《给一个作家》那一篇，是不是写给巴金的？

可能是。《给一个教授》指吴宓。

8.您在作品中歌颂下层人民的雄强、犷悍等品质，与当时改造国民性思想有无共通之处？

毫无什么共通处。我是试图用不同方法学习用笔，并不有什么一定主张。我因为底子差，自以为得踏踏实实的学习三十年，才可望在工作实践中达到成熟程度。

9.《虎雏》、《七个野人与最后一个迎春节》等篇是否含有提倡返归自然、回复野蛮的创作意图？

一切都是在学习用笔中完成的。不可能一面写什么，一面还联想到什么。当时最主要企图，还是能维持最低生活，作品能发表就成了。

10.《边城》、《黔小景》、《贵生》等篇是否含有人生莫测的命定论的倾向?

我没有那么高深寓意。只有一个目的,就是企图从试探中完成一个作品,我最担心的是批评家从我习作中找寻“人生观”或“世界观”。

11.以佛经故事为题材的那些作品,其创作意图是什么?

引言说得已极明白,这就是就故事而加些新的处理。以欣赏态度去采用佛经中故事,加以贯串改造,也只希望读者能用欣赏方式留下个印象。我的一切习作都缺少什么寓意。

12.关于城市中绅士阶级生活的描写,您是否(一)与乡村生活相比,揭露其腐朽性;(二)揭露他们生活悲喜剧的心理原因? 此外,还可以怎样理解?

你应当从欣赏出发,看能得到的是什么。不宜从此外去找原因。特别不宜把这些去问作者,作者在作品中已回答了一切。

13.关于苗族生活的一些作品,有人说大多虚构,缺少现实依据,这种批评有根据吗?

这是苏雪林说的。她是国民党的立法委员。一时恭维鲁迅到了极点,次一年又用快邮代电方式,罗列十大罪状申讨鲁迅先生。她从不想到《三国演义》和《西游记》的真实性,却要求我的作品“真实”。这是上海一折八扣出盗印我的作品时附上她那个批评的。

照理写批评应当是“真实”的，但这个人对鲁迅的意见究竟什么意见最可靠，她自己恐怕也回答不出。

14.对下层人民的描写，一方面同情他们悲苦但不自觉的命运，一方面发掘他们身上美德的光辉，这样理解对吗？

从我一堆习作中，似不值得那么认真分析、探讨。因为是习作。写乡村小城市人民，比较有感情，用笔写人写事也较亲切。写都市，我接近面较窄，不易发生好感是事实。

15.《过岭者》、《黑夜》等反映的背景是什么？

就是纪念二朋友的死亡而已，故事后边写得极明白。内中有个郑子参，是同乡同学，十分要好，后来入黄埔四期骑兵科，听熟人说在东江作战死去了，因为从另外熟人通讯中，说是做通讯员死去的，为纪念这些同乡友好而作。

16.您曾谈及创作需将“现实”与“梦”结合，《边城》是不是这种结合的典型？

这个作品只是偶然完成的。在良友出的《习作选》已作过解释，只能说是写作较成熟的一个篇章。本拟写十个，用沅水作背景，名《十城记》。时华北闹“独立”，时局日益紧张，编《大公报·文艺》，大部分时间都为年青作者改稿件费去了。来不及，只好放弃。

17.您曾说您的创作受过废名影响。一般认为废名的小说有两个特点，一是具有唐诗一般的意境，一是文字的简约含蓄。您所受的影响，是不是主要在这两个方面？

这也限于某一时某些作品而得到的启发，因为很快我就在文字和处理问题上，作多方面发展了。我因力把一切作品都当成习作过程，真正受的影响，大致还是契诃夫对写作的态度和方法。

18.您的小说具有一种独创的艺术意境。这种意境的创造：一、依靠“现实”与“梦”结合的创作方法；二、题材本身的特异性；三、与故事保持一定距离，力图避免文字表面的热情；四、理想成分和特有的色彩，等等。这样理解您作品艺术意境构成各因素，是否可以？

这只是读书多而杂，文体也不拘常例，生活接触面又广，故事不拘常格的必然结果。并无什么有意为之。有的全个故事无对话，如《腐烂》，有的故事又全是对话，如《若墨医生》，多是在学校示范表示不拘常例，通可以写成短篇而且动人的理由。这也是逐渐成熟的，只是谨慎耐烦，去从文字和故事上掂斤播两，再客观地理会如何处理能产生的效果，改来改去的结果。说的“示范”，含意并无什么标准化意思，只在告给同学，对于一个故事的写作得打破一切常规框框；文字也有同样情形，写来写去就自然理解它的效果了。总的说来，求不受任何影响，必须从实践上，从成功和失败两个方面取得经验，才明白叙事的多样性，才可望在同样三五千字极平常事件中，得到动人效果。

19.关于您创作的批评，您认为哪些较中肯？

凡是用什么“观点”作为批评基础的都没有说服力，因为都碰不到问题。

20.苏雪林曾批评您的作品过于随笔化,描写繁冗;多凭灵感,显得轻飘浮泛,人物刻划不能深入。您对这些批评如何看?

以早期作品为例,她说的基本上是对的。苏写批评时,并不曾看过我多少作品。在武汉大学教现代文学时,听她发挥比较合理。当时她把鲁迅捧上了天。可是第二年又用“快邮代电”方式骂鲁迅为什么“贼”。原因是一切随个人感情用事。对于她的批评,最好的解释人是同在武汉大学的陈通伯和凌淑华,给她看了我全部作品,并告诉她我的一切,她才不再开口。到抗战时我借住武大时,却特别对我表示好感,我照例是不以为意的。

21.理解您的作品,您的哪些文章比较重要?

主要是四个题记:《边城》题记、《长河》题记、《从文小说习作选》代序、《沈从文小说选集》题记。另外还有《湘西》题记。

22.中国古典文学和外国文学作品在思想、艺术和创作实践上给您什么影响?

看得多而杂,就不大可能受什么影响,也可以说受总的影响。是理解文字的一定程度后,从前人作品得到个总的印象,即一个故事的完成,是可以从多方面着手,都可达到一定效果的。懂得这一点,就不会受任何权威影响。正相反,不太费事就可以自出新意自成一格。

23.有人说您受泰戈尔影响,这话对吗?

未受泰戈尔什么影响。倒是较多地读过契诃夫、屠格涅夫作品，觉得方法上可取处太多。契诃夫等叙事方法，不加个人议论，而对人民被压迫者同情，给读者印象鲜明。屠格涅夫《猎人笔记》，把人和景物相错综在一起，有独到好处。我认为现代作家必须懂这种人事在一定背景中发生。

原载《中国现代文学研究丛刊》

一九八〇年第四期

小　　砦

引　　子

天上正落小雨，河面一片烟雾。河下一切，都笼罩在这种灰色雨雾里，朦朦胧胧。

远远的可听到河下游三里那个滩水吼着。且间或还可听到上游石峡谷里弄船人拍桨击水呼口号声音，住在河街上的人，从这种呼号里可知道有一只商船快拢码头。这码头名×村，属××府管辖。位置在酉水流域中部。下行二百余里到达沅陵，就是酉水与沅水汇流的大口岸。上行二百里到达茶峒，地在川湘边上，接壤酉阳、茶峒和酉阳，应当就是读书人所谓"探二酉之秘笈"的地方。

中国读书人对酉水这个名称，照例会发生一种心向往之情绪，因为二酉洞穴探奇访胜可作多数读书人好奇心的尾闾。但事实上这种大小洞穴，在边地上虽随处可以发现，除了一些当地乡下人，按时携带粮食家具冒险走进洞穴深处去煎熬洞硝，此外就很少有人过问。正因为大多数洞穴内部奇与险平分，内中且少不了野兽长虫，即便是乡下人，也因为险而裹足，产生若干传说和忌讳，把它看成一个神或魔鬼寄身的窟宅。只有滨河一带石壁上的大小洞穴，稍微不同一点，虽无秘笈可寻，还有人烟。住在那些天然洞穴里的，多是一些似乎为天所弃却不欲完全自弃的平民。有些是单身汉子，俨然过的是半原始生活，除随身有一点生活所恃的简单工具，此外别无所有。有些却有妻儿子女和家畜。住在这种洞穴的人，从石壁罅缝间爬上爬下，上可在悬崖间以及翻过石梁往大岭上去采药猎兽，下就近到河边，可用各种方法钓鱼捕鱼。（孩子们不小心也会从崖上跌到水中去喂鱼。）把草药采来晒干后，带到远隔六十里路的县城中去，卖给当地官药铺，得钱换油盐和杂粮回家。兽皮多卖给当地收山货的坐庄人。进一次县城来回奔走一百二十里路，有时还得不到一块钱，在他们看来，倒正如其余许多人事一样，十分平常。下河捕鱼钓鱼，就把活鱼卖给来往船只上的客商。或晾在崖石上晒干，用细篾贯串起来，另一时向税关上的办事人去换一点点盐。（这种干鱼，办事人照例会把它托人捎回家乡，孝进亲长，或献给局长的。）地方气候极好，风景美丽悦目。一条河流清明透澈，沿河两岸是绵延不绝高矗而秀拔的山峰。善鸣的鸟类极多，河边黛色庞大石头上，晴朗朗的冬天里，还有野莺和画眉鸟，以及红头白翅鸟，从山中竹篁里飞出来，群集在石头上晒太阳，悠然自得啭唱着它们悦耳的曲子。直到有船近身时，方从从容容欢噪着一齐向竹林飞去。码头是个丁字街，沿河一带房屋，并不很多，多数是船上人住的，另外一条竖街，凭水倚山，接瓦连椽堆叠而上，黑瓦白粉墙，不拘晴雨，光景都俨然如画。离码头一里路河上游那一带石壁，五彩斑驳，在月下与日光下，无时不象两列具有魔性的屏障，在一只魔手作弄中，时时变换色彩。并且住家在那石壁上洞穴石罅间的，还养鸡，养狗，在人语中夹杂鸡犬的鸣吠，听来真可说有仙家风味。可是事实上这地方人却异常可怜。住洞穴的大多数人生活都极穷苦，极平凡，甚至于还极愚蠢，无望无助活下去。住码头街上的，除了几个庄头号上的江西籍坐庄人，和税关上的办事员司，其余多是作小生意人。这些人卖饮食供人吃喝，卖鸦片烟，麻醉人灵魂也毁坏人身体。卖下体，解除船上人疲乏，同时传播文明人所流行的淋病和梅毒。食物中害天花死去的小猪肉，发臭了的牛内脏，还算是大荤。鸦片烟多标明云土川土，其实还只是本地货，加上一半用南瓜肉皮等物熬炼而成的料子。至于身体买卖的交易，妇女们四十岁以上，还有机会参加这种生活竞争。女孩子一到十三四岁，就常常被当地的红人，花二十三十，叫去开苞，用意不在满足一种兽性，得到一点残忍的乐趣，多数却是借它来冲一冲晦气，或以为如此一来就可以把身体上某种肮脏病治愈。比较起来，住在洞穴里的人生活简单些、稳定些，不大受外来影响。住码头上的人生活却宽广得多，同时也堕落得多。

这地方商业和人民体力与道德，都似乎在崩溃，向不可救药的一方滑去。关于这个问题，应当由谁来负责？是必然的还是人为的？若说是人为的，是人民本身还是统治人民的地方长官？很少人考虑过。至于他们自己呢，只觉得世界在变，不断的变。变来变去究竟成个什么样子，不易明白。但知道越下去买东西越贵，混日子越艰难。这变动有些人不承认是《烧饼歌》里所早已注定的，想把它推在人事上去，所以就说一切都是“革命”闹成的。话有道理，自从辛亥革命以来，这小地方因为是一条河流中部的码头，并且是一条驿道所经过的站口，前后已被焚烧过三次。因大军过道和兵败后土匪的来去，把地方上一点精华，吮剥的干干净净，所有当地壮丁，老实的大多数已被军队强迫去充夫役，活跳的也多被土匪裹去作喽啰。剩下一点老弱渣滓，自然和其他地方差不多，活在这个小小区域里，拖下去、挨下去等待灭亡和腐烂。上年纪的一面诅咒革命，以为一切不幸都应当由革命来负责，同时一面却也幻想着，六十年一大变，二十年一小变，世界或许过不久又会居然变好起来。所谓变好，当然是照过去样子一一恢复转来：京师朝廷里有个皇帝，有个军机大臣，省里有个督抚，县里有个太爷。（太爷所作的事是坐在公堂上审案，派粮房催租，或坐轿下乡给乡绅点主。）皇帝管大官，大官管小官，小官管百姓，百姓耕田织布作生意，好好过日子。此外庙里还有几多神，官管不了的事情统归神管。还有佛菩萨，笑眯眯的坐在莲花宝座上，听人许愿，默认。念阿弥陀佛吃长斋的人，都可以在死后升往西天，那里有五色莲花等待这些信士去坐。人人胸腔子里都有个良心，借贷的平时必出利息，到还账时不赖债。心肠坏的人容天不容，作好事必有好报应。偷人鸡吃生烂嘴疮，不孝父母糟蹋米粮会被雷公打死。至于年纪较轻的，明白那个“过去”只是一个故事、一段老话，世界一去再也不回头了，就老老实实从当前世界学习竞争生存的方法。生活中无诅咒，无幻想，只每日各在分上做人。学习忍受强暴，欺凌懦弱，与同辈相互嫉视、争夺，在弄钱事情上又虚伪诡诈，毫无羞耻。过日子且产生一个邻于哲人与糊涂虫之间的生死观：活着，就那么活。活不下去，要死了，尽它死，倒下去，躺在土里，让它臭、腐烂、生蛆、化水，于是完事。一切事在这里过细一看，令人不免觉得惊奇惶恐，因为都好象被革命变局扭曲了，弄歪了，全不成形，返回过去已无望，便是重造未来也无望。地方属于自然一部分，虽好象并未完全毁去，占据这地方的人，却已无可救药。然而不然。

生命是无处不存在的东西。一片化石有一片化石的意义，我们从它上面可以看出那个久经寒暑交替日月升降的草木，当时是个什么样子。这里多的却是活人，生命虽和别地方不同一点，还是生命。凡是生命就有它在那小地方的特殊状态，又与别一地方生命还如何有个共同状态。并且凡是生命，照例在任何情形中有它美好的一面。丑恶、下流、堕落，说到头来还是活鲜鲜的“人生”。(一片脏水塘生长着绿霉，蒸发着臭气，泛着无数泡沫，依然是生命。)人就是打从这儿来的。这里所有的情形，是不是在这个国家另外一片土地上同样已经存在或将要产生的？另外地上所有的，在这一个小小区域里是不是也可能发生？想想看就会明白。日光之下无新事，我们先得承认这一点。

就譬如说这倒霉的雨，给人的意义，照例是因人而不同的，在这地方也就显然因之有了人事的忧乐。税关办事人假公济私，用公家款项囤买的十石粮食，为这场雨看长已无希望。山货庄管事为东家收买的二十五张牛皮，这场雨一落，每张牛皮收湿气加重二斤，至少也可以增加五十斤的分量。住在洞穴里的山民，落了雨可就不便采药，只好闷坐在洞口边，如一只黄羊一样对雨呆看。住在码头上横街的小娼妇，可给雨帮忙把个盐巴客留住了，老娘为了媚这个“财神”，满街去买老母鸡款待盐巴客，鸡价由客人出，还可从中落个三两百钱放进荷包里去作零用。

第一章

税关上办事人同山货庄管事，在当地原代表一个阶级，所谓上等阶级。与一般人不特地位不同，就是生活方式也大不相同。表现这不同处是弄钱方便，用钱洒脱，钱在手中流转的数目既较多，知识或经验也因之就在当地俨然丰富得多而又高人一等。

这些人相互之间日常必有“应酬”，换言之，就是每天不是这些大老板到局上吃喝，就是大老板接局长和驻防当地的省军副营长、连长到庄号上去吃喝。吃喝并不算是主要的事情，吃喝以前坐在桌边的玩牌，吃喝以后躺在床上去烧烟，好象都少不了。直到半夜，才点灯笼送客。军官照例有一个勤务兵，手持长约两尺的大手电筒，乱摇着那个代表近代文明的东西走去。局长却点了一盏美孚牌桅灯，一个人提着摇摇晃晃回他的税局。“应酬”既已成为当地几个有身份的人成天发生的事情，所以输赢二十三十，作局长的就从不放在心上，倒是一种凑巧的好牌，冒险的怪牌，不管是他人手上的还是自己的，却很容易把它记着，加以种种研究。说真话，这局长不特对于牌道大有研究，便是对于其他好些事情，也似乎都富于研究性，懂的很多。尤其是本行上的作伪舞弊，挪此填彼，大有本领。这小局卡本来只是复查所性质，办事员正当月薪不过二十五元，连津贴办公费也不过五十元上下，若不是夺弄多方，单凭这笔收入，那能长久“应酬”下去？

这局长在这个小地方，既是个无形领袖，为人又长袖善舞，职位且增加他经营生活的便利，若非事出意外，看情形将来就还会起发的。今年才三十一岁，真是前程远大！

其时约上午九点钟样子，照当地规矩普通人都已吃过了早饭，上工作事了。这当地大人物却刚刚起床不久，赤着脚，趿着一双扣花拖鞋，穿一身细白布短裤褂，用老虎牌白搪瓷漱口罐漱口，用明星牌牙刷擦牙，牙粉却是美女老牌。一面站在局所里屋廊下漱口刷牙，一面却对帘口的细雨想起许多心事。这雨落下去，小虽小，到辰州就会成为“半江水”，泊在辰州以上百十里河面的木牌，自然都得趁水大放流，前前后后百十个木牌集中在乌宿木关前时，会忙坏了办事人，也乐坏了办事人。但这些事对彼不相干。那些税关人员因涨水而来的一个好处，他无福分享受。他担心却是和当地一个字号上人，共同作的一笔生意。万千浮在大河中的木头，其中有三根半沉在水中的木头，中心镂空装了两挑川货，冒险偷关，若过了关，他便稳稳当当赚了六百个袁头，若过不了关，那他就赌输将近一千块钱了。他想起李吉瑞唱的《独木关》。漱过口后他用力刮达刮达把那支牙刷在搪瓷罐中搅着，且把水用力倒到天井中去。问小公丁：

“黑子，我白木耳蒸好了吗？”

黑子其时正在房门边一张条凳上拭擦局长的烟具。盘子、灯、小罐儿、烟扦儿、一块豆腐干式的打火石、一块圆打火石，此外还有那把小茶壶，还有两支有价值的烟枪（枪上有包银装璜的老象牙嘴），一一的拭擦着。

那小子刚害过水臌，病愈后不久，眼皮肿肿的，头象一个三角形，颈膊细细的，老是张着个嘴，好象下唇长了一点，吊不上去；又好象从小就没有得到一次充足的睡眠，随时随地都想打盹，即或在作事情，也一面打盹。但事实上他却一面擦烟具一面因雨想起那个业已改嫁给船夫的母亲，坐了那条三舱桐油船，装满了桐油向下游漂去的情形。也许船正下滩，一条船在白浪里钻出钻进，舱板上全是水，三五个水手弯着腰用力荡桨，那船夫口含旱烟管，两只多毛露筋的大手，把着白檀木舵把，大声吼着，和水流争斗。母亲呢，蹲在舱里缸罐边淘米烧水。……因此，局长叫他时他不做声。

于是局长生了气，用着特有的辞令骂那小子：

“黑子，黑子，你耳朵被×弄聋了吗？我说话你怎么老不留心。你想看水鸭子打架去了，是不是？你做事摩摩挲挲真象个妇人。小米大事情半天也做不好，比绣花还慢，末了还得把我的宝贝打碎。”

黑子被骂后，着忙去整理烟具，忙中有错，差点儿把那小盒里烟膏泼翻。局长一眼瞥见了。

“祖宗，杂种，你怎不小心一点？你泼了我那个，你赔得起？把你熬成膏子也无用处。熬成膏子不到四两油，最多值一毛钱。你真是个吃冤枉饭的东西……”

黑子知道局长的脾气，骂虽骂，什么稀奇古怪的话都说得出口，为人心倒很好，待下属并不刻薄。骂人似乎只是一种口技的训练、一种知识的排泄，有利于己而无害于人。有时且因为听到他那种巧妙的骂人语言，引起笑乐，觉得局长为人大有意思。唯其如此，局长的话给黑子听来倒常常是另外一种意义了。

被骂的黑子把下唇吊着，聆受局长的训诲，话越骂越远，倒亏听到厨房有猫儿叫了一声，才想起蒸在锅中的白木耳。赶忙把那全副烟具端进房中去，取白木耳给局长补神。事实上到得白木耳入口时,局长已将近把那碗白木耳的力量,全支付在骂那小子话语上了。

河街某处有鸭子大声呷呷的叫着,局长想起自己的鸭子,知道黑子又忘了喂那个白蛀木虫粉给斗鸭时,又是一番排调,把小子比作种种吃饭不工作的鸟兽虫鱼,结果却要他过上街一个专门贩卖鸭子的人家去,看那老板是不是来了好货。自己动手喂鸭子。

黑子戴了一个斗笠,张着嘴,缩着个肩膊,向外面跑。局长还把话向黑子抛去。

"早回来点,不要又在三合义看下棋。人家下棋你看,狗在街上联亲你也看,你什么戏都看,什么都有分,只差不看你妈和划船的唱戏,因为那个你无分。"

黑子默默的出了局门,却自言自语说:

"什么都看,你全知道。你趴在楼板上,看三合义闺女洗澡,你自己好象不知道,别人倒知道!"

黑子年纪只十二岁,样子象个半白痴,心里却什么事都明白,什么事都懂。

××地方人家,也正如其余小地方差不多,每家必蓄养几只鸡鸭,当作生产之一部门,又当作娱乐之一种。养鸡的母鸡用处多是生蛋孵小鸡,或炖汤吃。(白毛乌骨的且为当地阔老当补品。)公鸡用作司晨,辟邪,啄蜈蚣虫蚁。临到年底,主人就把它捉来,不客气的用刀割断了它的喉管,拔下那个金色炫目的颈毛或背部羽毛,一撮撮蘸上热鸡血贴到门楣上、灶坎上、床梁上和船头上和一切大件农具上，用意也是辟邪。且把它整个身子白煮了，献给家神祖先。有时当地人上山采药打猎，入洞熬硝，也带那么一只活雄鸡，据说迷了路大有用处。至于用它来战斗，因习惯不同，倒只是当地小孩子玩的事情了。近大河边人家因利制宜于蓄鸭，当地人因之也把鸭子的斗性，加以训练，变成一个有韧性的战士，用来赌博。一只上好的绿头花颈膊的雄鸭，价值也就很高。平时被人关在笼子里，喂养各种古怪食品，在水边打架时，船上人和住家人便各自认定其中一只，放下赌注，猜测胜负，赌赛输赢。只有母鸭才十分自由，大清早各放出来，到大河里聚齐，在平潭中去找虾米和浮食吃，到天晚才各自还家。落了雨，不再下大河，就三三五五在横街头泥水里摇着短短的尾巴，盘跚来去，有所寻觅，仿佛异常快乐。街中两家豆腐作坊前，照例都积下一片脏水，泛着白沫，水中还有不少红丝虫蠕动着，被这群母鸭发现时，便如发现了一个宝库，争着把一个淡红色的扁嘴壳插进脏水中去唼喋。至于这时节那些公鸡母鸡呢，却多躲藏在家中桌椅下和当地小摊子下横木上，缩敛着身子，看街头鸭子群游戏。间或把头偏着望望天，轻轻的咕喽一声，好象说："这是天气，到明天会放晴的。"因为天一放晴，鸭子就得下河，一条街便依然为鸡所专有了。

黑子到了养鸭子的老东西处，望了一下鸭子，随便说了几句闲话，就走过上街头去看染坊，看碾工踹石碕碾布，一个工人在半空中左右宕着，布在滚子下光滑滑的，觉得大有意思。同时还有河下横街两个脏小孩子，也在那门前泥水中站定，看那个玩意儿，黑子原本同他们都极熟习，就说笑话，叫其中之一诨名作“鼻涕虫”，胡扯乱说，以为鼻涕虫若碾在石滚子下，必不免如申公豹被孙悟空一金箍棒打成稀糊子烂，成一片水不复人形。

鼻涕虫明白黑子根本来源，虾米螃蟹同样是水里长的，分不出谁高谁低，就说：

“黑子，我不经压你经压，你试试去看，压不出水一定压出油，压出三两油点灯，照你娘上清秋路！”

黑子说：“你娘嫁给卖油的，你的油早被榨完了，所以瘦得象个地底鬼。你是个实心油瓶。”

鼻涕虫被人提到心窝子里事情，轮眨着他那双凸出大眼睛，狠狠的望着黑子说：“你娘嫁撑船的，檀木舵把子和竹篙子都钊到你娘的×心子上，你就是被那撑船的钊出来的。你娘才真正经压！”

黑子因为新近作了公务员，吃公家饭，虽在税局里时时刻刻被打被骂，可是比起同街小子，总觉得身份已高了一着，可以凭身份唬人。平时到小摊子买桃李水果，讲价钱时就总有点不讲道理，倚势强人。价钱说好了，还挑三拣四，掂斤播两。向乡下妇人买辣子豆荚，交易办好，临走时，还会伸手到篮子里去多抓一把，使得妇人发急扯着他的衣袖不放，就说：“我又不是抢人欠债，你一个妇人女子，清天白日抓我是什么意思！”故意引起旁人的笑乐。在官家方面有势力的人,买东西照例发官价,欢喜送多少把多少,但这是过去的事,革命后就不成了。虽说如今作局长的好处还多,随时可收受一点小生意人当令的蔬果孝敬,采药打猎人遇到大头的何首乌、大蛇皮,也必先把它拿来献给局长。局中公丁在执行公务时,尚有好些小便宜可占,但到底今不如古,好处也不过是连抢带骗,多抓一把辣椒之类罢了。但在另外一件事情上,譬如同道闹嘴舌,无形中自然大家都得让一手,年纪长一点的因之也有被黑子骂倒过的。于是这公务人也就骄傲了一些,大意了一些。现在不意钢对钢碰了头,鼻涕虫身世被黑子掘出后,气愤不过,也就不顾一切,照样还口。

黑子不把鼻涕虫看在眼里,就走近他身边去,打了鼻涕虫一拳。那小子跄踉了一下,回过头来说:

“黑子,君子动口不动手,你怎么打人?”

黑子以为鼻涕虫怕他,不理会这句话,赶过去又是一拳。且打且说:“我打扁你这个狗杂种,你怎么样?”

鼻涕虫一面用手保护头部,一面用脚去踢黑子。

另一个小子原同鼻涕虫一伙,见两人打起来了;就一面劝架,一面嘶着个嗓子说:“不许打架,不许打架,君子动口不动手,有话好说!”因为两只手抱着了黑子膀子,黑子便被鼻涕虫迎面猛的打了三拳。接着几人就滚丸子似的在泥水中滚起来了。

街户中人听着有人打架,即刻都活跃起来了,大家都从烟盘边或牌桌边离开,集中到街前来看热闹。本来是两人相打,已变成三人互殴,黑子双拳难敌四手,虽压住了鼻涕虫,同时却也为人压住。三人全身都是脏泥。看热闹的都说好打好打,认不清谁是谁非,正因为照习惯一到了这种情形,也就再无所谓是非。

正当一个小子从污泥中摸着一个拳头大鹅卵石,捏在手中向黑子额角上砸去时,一个老妇人锐声大喊了一声:"狗×的小杂种,你干什么!"一手捞着了那小子细瘦的膀子,救了黑子。可是救了黑子却逃了母鸡,原来这时节另一胁下夹着那只老母鸡,却逃脱了,在泥水中乱扑,把泥水扇的四溅。大家都笑嚷着。

"好热闹,好热闹!"

几个劣小子的架被其余人劝开了,老妇人赶忙去泥水中捕捉她的老母鸡。把鸡擒着后大声骂着:

"你这扁毛畜生,以为会飞到天上去!"

有人插嘴问:"老娘,多少钱,这只肥鸡?"

老娘看了那人一眼,把一张瘦瘪瘪的嘴扁着,作成发笑的样子,一面用手抹鸡尾上泥水,一面说:"这年头,什么东西都贵得要人命。杨氏养鸡好象养儿女,三斤半毛重,要我七角钱,真是吃高丽参。"

料不到这个杨氏正在人丛中观战,就接口说:"老娘,你说什么高丽参洋参?你有钱,我有货,作生意两相情愿,我难道抢你不成?

儿花花女花花[1] 嘴角不干不净，你是什么意思……”

老娘过意不去，不好回嘴。可是当众露脸，面子上大不光彩，正值那母鸡挣扎，就重重的打了那母鸡一巴掌，指冬瓜骂葫芦道：“你这扁毛畜生，也来趁火打劫！”且望着帮同打架的那小子说：“还不回家我打断你的狗腿！别人打架管你什么事，打出人命案你来背！”一面骂那小子，一面推搡着那小子，就走开了。

杨氏说：“扁毛畜生谁不是养它吃它？哪象你，养儿养女让人去玩，大白天也只要人有钱就关上房门，不知羞耻，不是前三辈子造孽？”

老娘虽明知道杨氏还在骂她，却当作不听见，顾自走了。那杨氏也知道老娘已认屈，恶狗不赶上墙人，经过大家一劝，就不再说什么。

三个打架小子走了一个，另两个其时已被拉开，虽还相互悻悻的望着，已无意再打。旁边一个解围的中年男子，刚过足烟瘾，精神充足，因此调弄那小公务人黑子说：

“黑子，你局长看你这样会打架，赶明天一定把喂鸭子的桂圆枸杞汤给你喝，补得你白白胖胖，好在你身上下注！你下次上场，我当裤子也一定在你名下赌三角钱！”说得大家都笑起来。

另一个退伍兵就说：“若不亏老婊子大吼一声，你黑子不带花

① 儿花花女花花：不足道的小小男女。

见红,你才真是黑子。”

黑子说:“她那侄子打破我的头,我要掀掉她的家神牌子。”

退伍兵说:“她有什么家神牌子?她家里有的是肉盾牌,你这样小孩子去,老×子放一泡热尿,也会冲你到洞庭湖!”

黑子悻悻的望着那退伍兵士,退伍兵士为人风趣而随和,就说:“黑子,你难道要同我打一架吗?我打不过你,我怕你——我领过教!”

烟客就说:“黑子,算了吧,快回局里去换衣,你局长知道你打架,又会赏你吃‘笋子炒肉’①,打得你象猪叫。”

“局长没有烟吃,发了烟瘾,才同你一样象猪哼!”

黑子说完,拔脚就走。到下坎时一个跄踉差点儿滑倒,引得人人大笑。

黑子走后,退伍兵士因为是鼻涕虫的表叔,所以嘲笑他说:“鼻涕虫,你打架本领真好,全身滑滑的,我也不是你的对手,何况小黑子。以后你上圈和他打架时,我一定赌你五百。”

鼻涕虫说:“小黑子狗仗人势,以为在局里当差,就可欺凌人,我才不怕他!”

“这年头谁不是狗仗人势?你明天长大了当兵去,三枪两炮打出个天下,作了营长连长,局长那件紫羔袍子,就会给你留下,不用

① 笋子炒肉:竹板打手心、打屁股,私塾学生谑谓之“笋子炒肉”。

派人送上保靖营部了。大鱼吃小鱼，小鱼吃虾米，你得立志！"

鼻涕虫不知"立志"为何物，只知道做了营长就可以胡来乱为，作许多无法无天的事情。局长怕他县长也怕他。要钱用时，把商会总办和乡下团总提到营里来就有钱用。要钱作什么用？买三炮台纸烟，把纸烟嵌在长长的象牙骨烟管里去，一口一口吸。审案时一面吸烟，一面叫人打板子。生气时就说："你个狗×的，我枪毙了你！"于是当真就派卫队绑了这人到河边石滩上去一枪打了。营长的用处，在鼻涕虫看来，如此而已。退伍兵士年纪大一点，见识多一点，对营长看法自然稍稍不同。不过事实上一个营长，在当地的威风，却只能从这些事上可以看出，别的是不需要的。

鼻涕虫说："我一定要立志做营长。"

老娘好事，信口开河说了本街杨氏两句坏话，谁知反受杨氏屈辱一番，心中大不舒畅，郁郁积积回到河街家里，拉开腰门，把那只老母鸡尽力向屋中地下一掼，拍着手说："人背时，偏偏遇到你这畜生！"老母鸡喔的喊了声，好象说："这关我什么事？你这个人，把我出气！"

小娼妇桂枝，正在里房花板床上给盐客烧烟，一面唱《十想郎》、《四季思想》等等小曲子逗盐客。听鸡叫声，知道老娘回来了，就高声和她干娘说话：

"娘，娘，鸡买来了吗？肥不肥？"

老娘余气未尽，进屋里到水缸边去用水瓢舀水洗手，一面自言自语说:“怎不肥？一块钱吃大户,还不肥得象个大蜘蛛?”话本来还是指卖鸡高抬价钱的杨氏。桂枝听到上句听不到下句,就说:“怎么一块钱？娘。”她意思是鸡为什么这样贵,话里有相信不过的神气。

老娘买鸡花七角,本想回来报八角,扣一角钱放进自己贴身荷包里。现在被杨氏一气,桂枝问及,就顺口念经:“怎么不是一块钱？你不信你去问。为这只扁毛畜生,象找寻亲舅舅,我哪里不找到。杨氏把这只鸡当成八宝精,要我一块钱,少一个不成交易。我落一个钱拿去含牙齿。”

桂枝见老娘生了气,知道老娘的脾气,最怕人疑心她落钱[1],忙陪笑脸把话说开了,出得房来两只手擒着了那肥母鸡,带进房中去给盐客过目。口中却说:“好肥鸡,好肥鸡。”

盐客只是笑,不开口。两人的对白听得清清楚楚。

盐客年纪约摸三十四五,穿一身青布短褂,头上包着一条绉绸首巾,颈膊下扯有三条红记号,一双眼睛亮光光的,脸上吊着高高的两个颧骨,手膀上还戴了一只风藤包银的手镯,一望而知是会在生意买卖上捞钱,也会在妇女身上花钱的在行汉子。从×村过身,来到这小娼妇家和桂枝认相识还是第一回。只住过一夜,就咬颈膊赌了一片长长的咒,以为此后一定忘不了、丢不下。事实上倒亏

① 落钱:偷骗小钱。凤凰土语。

雨落得凑巧，把他多留了一天。这盐客也就借口水大抛了锚，住下来，和桂枝烧烟谈天。早上说好要住下时，老娘就说："姐夫，人不留客天留客，人留不住天帮忙把你留住了，我要杀只鸡招待你，炖了鸡给你下酒。我陪你喝三杯，老命不要也陪你喝。"

盐客因为老婊子称他作姐夫，笑嘻嘻的说："老娘，你用不着杀鸡宰鹅把我当希客待，留着它那老命吧。我们一回生，二回熟。我不久还得来。我一个人吃得多少？不用杀鸡。"

老娘也笑着，"烧酒水酒一例摆到神面前，好歹也是尽尽我一番心！姐夫累了，要补一补。"

盐客拗不过这点好意，所以自己破钞，从麂皮抱兜里掏出一块洋钱，塞到老娘手心里，说是鸡价。老娘虽一面还借故推辞，故意大声大气和桂枝说："瞧，这算什么！哪有这个道理，哪有这个道理，要姐夫花钱？"

盐客到后装作生气神气说："老娘，得了，你请客我请客不是一样吗？我这人心直，你太婆婆妈妈，我不高兴的。"

好象万不得已，到后才终于把它收下拿走了。

老娘虽吃的是这么一碗肮脏饭，年纪已过四十五岁，还同一个弄船的老水手交好，在大街上追着那水手要关门钱。前不久且把一点积蓄买过一对猪脚，送给个下行年青水手，为的是水手答应过她一件事。对于人和人做的丑事虽毫不知羞耻，可是在许多人和人的通常关系上，却依然同平常人一样，也还要脸面，有是非爱恶，换言之就是道德意识不完全泯灭。言语和行为要他人承认，要他人赞美。生活上必需从另一人方面取得信任或友谊，似乎才能够无疚于心的活下去。人好利而自私，习惯上礼法仍得遵守，照当地人说法，是心还不完全变黑。

桂枝年纪还只十八岁，已吃了将近三年码头饭。同其他吃这碗饭的人一样，原本住在离此地十多里地一个小乡里，头发黄黄的，身子干干的，终日上山打猪草，挖葛根，干一顿稀一顿拖下来。天花、麻疹、霍乱、疟疾，各种厉害的传染病，轮流临到头上，木皮香灰乱服一通，侥幸都逃过了。长大到十三岁时，就被个送公事的团丁，用两个桃子诱到废碉堡里玷污了，自然是先笑后哭，莫名其妙。可是得了点人气后，身心方面自然就变了一点，长高了些，苗条了些，也俨然机伶了些。到十五岁家里估计应当送出门了，把她嫁给一个孤身小农户，收回财礼二十吊，数目填写在婚书上，照习惯就等于卖绝。桂枝哭啼啼离开了自己那个家，到了另外一个人家里，生活除了在承宗接祖事情上有点变化，其余一切还是同往常一样。终日上山劳作，到头还不容易得到一饱。挨饿挨冷受自然的虐待，挨打挨骂受人事的折磨。孕了一个女儿，不足月就小产掉了。到十六岁时，小农户忍受不了，觉得不想办法实在活不下去。正值省里招兵，委员到了县里，且有公事行到乡长处，乐意去的壮丁不少。那农户就把桂枝送到×村一个远亲家里来寄住，自己当兵去了。丈夫一走，寄住在远亲家吃白食当然不成，总得想办法弄吃的。虽说不唇红齿白，身材俏俊，到底年纪轻，当令当时，俗话说十七八岁的姑娘，再丑到底是一朵花。就是喇叭花，也总不至于搁着无人注意。老娘其时正逃走了一个养女，要人补缺，找帮手不着，就认桂枝作干女儿，两人合作，来立门户。气运好，一上手就碰着一个庄号上的小东家，包了三个月，有吃有穿，且因此学了好些场面规矩。小老板一走，桂枝在当地土货中便成红人了。但塞翁失马，祸福同至，人一红，不久就被当地驻军一个下级军官霸占了。这军官赠给她一身脏病，军队移防命令一到，于是开拔了。一来一往三年的经验，教育了这个小娼妇，也成全了这个小娼妇。在当前，河街上吃四方饭的娘儿们中，桂枝已是一个老牌子，沿河弄船的青年水手，无人不知。尤其是东食西宿的办法，生活收入大半靠过路客商，恩情却结在当地一个傻小子身上，添了人一些笑话，也得到人一点称赞。

本地吃码头饭的女子，多数是有生意时应接生意，无生意时照例有个当地光棍，或退伍什长，或税关上司事一类人，由熟客成为独占者，终日在身边烧烟谈天。这种塌茸男子当初一时也许花了些钱到女人身上，后来倒多数是一钱不出，有的人且吃女的，用女的，不以为耻。平时住在女的家里犹如自己家里，客来时才走开。这种人大多是被烟毒熏得走了型，毫无骨气，但为人多懦而狡，有的且会周张，遇孱头客人生事闹乱子，就挺身出面来说理，见客人可以用语言唬诈时，必施小做作，借此弄点钱。有时花了眼睛，认错了人,讹人反被人拿住了把柄,就支支吾吾逃开,来不及时又即刻向人卑屈下流的求饶。挨打时或沉默的忍受,或故意呻吟,好象即刻就要重伤死去的样子,过后却从无向人复仇的心思。为人俨然深得道家"柔则久存"的妙旨,对人对己都向抵抗极小的一方面滑去。碰硬钉子吃了亏,就以为世界变了,儿子常常打老子,毫无道理,也是道理。但这种鼻涕似的人生观,却无碍于他的存在。他还是吃、喝、睡,兴致好时还会唱唱。自以为当前的不如意正如往年的薛仁贵、秦琼,一朝时来运来,会成为名闻千古的英雄。唱《武家坡》,唱《卖马》,唱到后来说不定当真伤起心来了,必嘶着个嗓子向身边人嚷着说:"这日子逼死了英雄好汉,拖队伍去,拖队伍去!"其中自然也就有当真忍受不了,下山落草。跑了几趟生意,或就方便作坐地探子,事机不密,被驻军捉去,经不住三五百板子,把经过一五一十供出,牵到场坪上去示众。临刑时已昏头昏脑,眼里模模糊糊见着看热闹的妇女,强充好汉,勉强叫着:"同我相好的都来送终,儿女都来送终!"占点口上便宜,使得妇女们又羞又气,连声大骂:"刀砍的,这辈子刀砍你,二辈子刀还是砍你!"到后便当真跪在河边,咔嚓挨那一刀,流一摊血,拖到万人坑里用土掩了完事。

桂枝别有眼睛,选靠背不和人相同,不找在行人却找憨子。憨子住在河边石壁洞穴里,身个子高高的,人闷闷的,两个膀子全是黑肉,每天到山上去挖掘香附子和其他草药,自食其力,无求于人。间或兴子来时,就跟本地弄船的当二把纤,随船下辰州桃源县。照水上规矩下行弄船只能吃白饭，不取工钱。憨小子搭船下行时，在船头当桨手，一钱不名，依然快快乐乐，一面呼号一面用力荡桨，毫不含糊。船回头时，便把工钱预先支下，在下江买了礼物，戴合记的香粉、大生号的花洋布，带回来送给桂枝。因为作人厚道，不及别的人敲头掉尾，所以大家争着叫他憨子，憨子便成为这青年人的诨名。憨子不离家，也不常到河街成天粘在小娼妇身边，不过上山得到了点新鲜山果时，才带到河街来给桂枝，此外就是桂枝要老娘去叫来的。人来时常常一句话不说，见柴砍柴，见草挽草，不必嘱咐也会动手帮忙。无事可作就坐在灶边条凳上，吸他那枝老不离身的罗汉竹旱烟管，一面吸烟一面听老娘谈本街事情。本来说好留在河街过夜，到了半夜，不凑巧若有粮子上[①] 副爷来搭铺过夜，憨子得退避，就一声不响，点燃一段废缆子，独自摇着那个火炬回转洞穴去，从不抱怨。时间一多，倒把老娘过意不去，因此特别对他亲切。桂枝也认定憨子为人心子实，有包涵，可以信托，紧贴着心。

盐客昨晚上在此留宿，事先就是预先已约好了憨子，到时又把憨子那么打发回去的。

老娘烧了锅水，把鸡宰后，舀开水烫过鸡身，坐在腰门边，用小镊子摘鸡毛。正打量着把鸡身上某部分留下。又想起河中涨水，

---

① 粮子上：指吃饷粮的军队。旧时代民间称呼。

三门滩打了船，河中一定有人发财。又想起憨子，知道天落雨，憨子不上山，必坐在洞中望雨，打草鞋搓草绳子消磨长日。老娘自言自语说："憨人有憨福"，不由得咕咕笑将起来。

桂枝正走出房门，见老娘只是咕咕笑。就问："娘，你笑什么？"

老娘说："我笑憨子，昨天他说要到下江去奔前程，发了洋财好回来养我的老。他倒人好心好，只是我命未必好。等到他发洋财回来时，我大腿骨会可做棒槌打鼓了。"说了自己更觉得好笑，就大笑起来。

桂枝不做声，帮同老娘拔鸡毛。好象想起心事，吁了一口气。

老娘不大注意，依然接口说下去："人都有一个命，生下来就在判官簿籍上注定了，洗不去，擦不脱。象我们吃这碗饭的人，也是命里排定的，你说不吃了，干别的去，不是做梦吗？"

桂枝说："娘，你不干，有什么不成？活厌了，你要死，抓把烟灰，一碗水吞下肚里去，不是两脚一伸完事？你要死，判官会说不许你死？"

"你真说得好容易。你哪知道罪受不够的人，寻短见死了，到地狱里去还是要受罪。"

"我不相信。"

"你哪能相信？你们年青人什么都不相信，也就是什么都不明白。'清明要晴，谷雨要雨'，我说你就不信。'雷公不打吃饭人'，我说你又不信。……"

老娘恰同中国一般老辈人相似,记忆中充满了格言和警句,一部分生活也就受这种字句所熏陶所支配。桂枝呢,年纪轻,神在自己行动里,不在格言警句上。

桂枝说:“那么,你为什么不相信鲤鱼打个翻身变成龙?”

老娘笑着说:“你说憨子会发洋财,中状元,作总司令,是不是?鲤鱼翻身变成龙,天下龙王只有四位,鲤鱼万万千,河中涨了水,一网下来就可以捉二十条鱼!万丈高楼从地起,总得有块地!”

憨子住的是洞窟,真不算地。但人好心地好,老娘得承认。老娘其实同桂枝一样,盼望憨子发迹,只是话说起来时,就不免如此悲观罢了。桂枝呢,对生活实际上似乎并无什么希望,尤其是对于憨子。她只要活下去,怎么样子活下去就更有意思一点,她不明白。市面好,不闹兵荒匪荒,开心取乐的大爷手松性子好,来时有说有笑,不出乱子,就什么都觉得很好很好了。至于憨子将来,男子汉要看世界,各处跑,当然走路。发财不发财,还不是“命”?不过背时走运虽说是命,也要尽自己的力,尽自己的心。凡事胆子大,不怕难,做人正派,天纵无眼睛人总还有眼睛。憨子做人好,至少在她看来,是难得的。只要憨子养得起她,她就跟了他。要跑到远处去,她愿意跟去。

有只商船拢了码头,河下忽然人声嘈杂起来,桂枝到后楼去看热闹,船上许多水手正在抽桨放到篷上去,且一面向沿河吊脚楼窗口上熟人打招呼。老娘其时也来到窗边,看他们起货上岸。后舱口忽然钻出一个黑脸大肩膊青年水手，老娘一眼瞥见到了，就大声喊叫：

“秋生，秋生，你回来了！我以为你上四川当兵打共产党去了！”

那水手说：“干娘，我回来了，红炮子钻心不是玩的，光棍打穷人，硬碰硬，谁愿意去？”

桂枝说：“你前次不是说三年五载才回来吗？”

那青年水手快快乐乐的说：“我想起娇娇，到龚滩就开了小差。”

桂枝说：“什么娇娇肉肉，你想起你干妈。”

这水手不再说什么，扛了红粉条一捆，攀船舷上了岸。桂枝忙去灶边烧火，预备倒水为这水手洗脚。

盐客听桂枝说话，问：“是谁？”

老娘答话说：“是秋生。”

秋生又是谁？没有再说及。因为老娘想到的是把鸡颈鸡头给秋生，所以又说：“姐夫，这鸡好肥！”

一九三七年上半年作，未写完。

一只船

五个水手把一只装满了一船军需用品同七个全身肮脏兵士的单桅船拖向××市的方面去。

今年的湘西雨水特别少，沅水上游河中水只剩下半江，小滩似乎格外多，拉船人下水的次数也格外多了。

拖了一天，走了约四十里。在日头落山以前，无论如何不能赶到留在××市的部队与之合伴了，船中人都象生了气。这些人虽没有机会把在水中直立与高岸爬伏的水手痛殴，口中因习惯养成的野话是早已全骂出口了。骂也没有用处，这些在水面生活的汉子，很早时候即被比革命军野蛮五倍的×将军的兵训练过了。蹂躏中过了多年的日子，没有轻松的需要。他们把黑的上身裸露，在骄日下喘气唱歌，口渴时就喝河中的水。平时连求菩萨保佑自己平安的心情也没有，船泊到了有庙地方时，船主上岸进香磕头，他们只知道大庙的廊下石条子上有凉风，好睡觉。他们统统是这样如牛如马的活着，如同世界上别的地方这类人一个样子。船没有拖到地，这罪过也不是他们的。他们任何时都不知吝惜自己的气力同汗水。全因为河水太小,转弯太多,虽有布帆也无使用处。尤其是今天开船时已是八点。八点钟开船,到这时,走过将近十个小时的路程了。十个小时跋涉,这样大热天气,真不是容易对付的天气!

坐到船上的兵,也同样是在苦日子中打滚的人类,他们单是闷在舱中,一天来也喘气流汗不止。

看看天夜下来了。水面无风,太阳余热还在。

在船梢,船主两只有毛的手擒了舵把,大声辱骂着岸上纤手。看看天空,鱼鹭鸶已成阵飞入荒洲,远处水面起了薄薄的白雾,应当是吃饭时候了,就重新大声吆喝着,预备用声音鼓励几个水手使一把劲,一口气拉上这个小滩,在滩头长潭中匀出空来煮饭。

船在小滩上努力向前,已转成黑暗了的水活活的流,为船头所劈分成两股,在船左右,便见到白的水花四翻。滩水并不甚凶,然而一面是时间已到了薄暮,水虽极浅然而宽阔的河身在此正作一折,两岸是仿佛距离极远的荒山,入夜吼哮的滩声,便增加不少吓人的气势了。

有时又来一阵热风,风迎面来,落在篷上如撒沙子。

船头左右摆着,如大象,慢慢的在水面上爬行。系在五人背上的竹缆,有时忽然笔直如绷紧的弦,有时又骤然松弛,如已失去了全身所有精力的长蛇。

天色渐暗,从船上望前面岸上,拉船人的身影已渐渐模糊成一片了。滩水声，与竭尽了吃奶的力拉船人的吆喝声混成一片。这声音，没有回应，非常短，半里外就听不到了。

船没有上完这滩，天色已不客气的夜下来。

军士们中有人问话了。

“老板，你这船拉纤人是怎么回事?”

老板不做声，一心全放在舵上。

另一人，说话比先前副爷嗓子大，这时正从舱中钻出，想看看情形，头触了竹缆，便用手攀着那缆绳，预备出舱。

老板觉得这不行，大声叱那汉子，如父亲教训儿子。

“留心你手!”

说着时，船一侧，竹缆轧轧做声，全船的骨骼也同时发出一种声音。那汉子攀到竹缆上面的一只手，觉得微麻，忙丢手，手掌的皮已被咬去一片了。既然出到船舱外了，就蹲着省得碍事，口中只轻轻朝天骂娘，因为这不是船主罪过，更不是爬在岸头荒滩上、口中咦耶咦耶做声的拉船人罪过。

船如大象在水面慢慢的爬上了滩，应当收缆，有水洒在舱板上，船主向蹲着的军士大声说:

“进里面去，这不是你站的地方!”

船再一进，收缆了，把绊处一松，吆喝一声，岸上和着一声凄惨的长啸，一面用腰胯抵了船舵，一面把水淋淋的竹缆收回。船这时仍然在水面走动。缆绳缩短到船上人已能同岸上人说话，又是一声吆喝,船就象一枝箭在水面滑过了。这时候,船前拦头的人已同时把缆绳升高,无所事事,从船沿攀到船梢来了。这汉子向船主问到饭。

“吃了走,行么?”这样说着的拦头人,正从腰间取烟袋,刮火柴吸烟。

“问副爷。”

“副爷怎么样?老板问你们肚子,要吃了,我们在这长长潭中煮饭,这潭有六里,吃了再上滩,让伙计肚中也实在些,才有劲赶路。”

那被缆绳擦破了掌心的军士正不高兴,听到吃饭,就大声如骂人的说:

“还不到么?我告诉你们,误了事,小心你们屁股。”

船主说:

“我怕你们副爷也饿了,你们是午时吃的饭。”

这话倒很对。先是大家急于赶路,只嫌拉船人走的太慢,叫人生气。经这一说,众人中有一大半都觉得肚中空虚成为无聊的理由了,主张煮饭吃了再拉。在任何地方任何种人,提议吃饭大约是不会有人反对的。

于是不久,拦头人着了忙。淘米,烧火,从坛子里抓出其臭扑鼻的酸菜。米下锅不久,顶罐中的米汤沸起溢出了,顺手把铁罐提起,倾米汁到河中去。……取油瓶,盐罐。倾油到锅中,爆炸着一种极其热闹的声音,臭酸菜跌到锅中去了,仍然爆炸着。

舱中人寂寞的唱着革命歌。

船主有空闲把身边红云牌香烟摸出衔到口上，从炒菜的拦头人手接过火种吸烟了。

天气还是闷热，船被岸上黑的影子拉着，缓缓的在无风的河面静静的滑走。

天上无月，无星，长潭中看不分明的什么地方有大鱼泼剌的声音，使听到这声音的人有一种空空洞洞的惊喜。

吃饭了，收了缆，岸上把小麻绳解下，还是各负着那纤带从水中湿漉漉的走上船了。

饭分成两桌。热气蒸腾的饭，臭不可闻的干酸菜，整个的绿色的辣子，成为黑色了的咸鸭蛋。各人皆慷慨激昂的张着大的口，把菜饭往口里送。在一盏桐油灯下映出六个尖脸毛长的拉船人的脸孔。在一盏美孚行的马灯前，是老板同在船押送军需的七个副爷们。副爷们这一面有酒喝，吃得较慢。那一桌已有四个吃完了饭蹲到岸上方便去了，这一边象赔罪，那船主正把杯口用手拂着，献给那掌心咬去一块皮的副爷。

“老总，喝一杯。”

那副爷不说不喝，说手痛。

“老总，拿我看，我有药。这事情是免不了的。我有一次破了头，抓一把烟塞到那伤口，过五天，好了。烟就是好药。你不信么，要你信。我告诉你小心，这东西会咬人，能够咬断手指。你这时可明白了。”

船主这样说着，把上河人善于交际而又爽的性情全露出了。“这东西”，指的自然是竹缆，他就正坐在一堆竹缆上面。因为这样，那副爷就问他这东西要多少钱。他胡乱说着。他又问那一桌只吃剩了一人还不曾吃完的水手：

“朋友，你要菜不要，这一边来！”

那拉船人当真过来了，显着十分拘束，把一双竹筷子插到一碗辣子中去，挟了一些辣子。船主劝驾。

“我告诉你，这个也来一点。这是副爷从××带来的。你就坐到这里吃不好么？你今天累了。多吃一碗，回头我们还有三个小滩才能到××。你不想喝一点么？……”

虽听着船主这样说话，很矜持的微笑着，仍然退到尾梢船边吃饭的那水手，象是得了特许挟了少许酱菜在碗。酱菜吃到口里甜酸甜酸，非常合式，这水手当真为这一点点菜就又加了半碗米饭。他这时是有思想的，他想到他们做副爷的人是有福气的人，常常吃到一些味道很怪的菜，完全不是吃辣子酸菜的人所想象得到。他又觉得一个什长，真是威风，听说什长有十块钱一月的进项，如非亲自听到过一个什长所说，还不敢相信这话。至于他呢，第三位纤手，上水二十天，得到三块钱，下水则摇船吃白饭，抵岸至多只有六百大钱剩头。这次虽所装的是“有纪律的革命军”，仍然有钱，可是这钱也将仍然如往日所得一样输到赌博上去，船还不曾到地，这钱就得输光了。

虽然粗粗看来,同样在世界上做着仿佛很可笑似的人,原来当兵的同拉船的还有这样分别,身份的差别不下于委员同民众。近于绅士阶级的船主,对所谓武装同志所取的手段,是也正不与一般绅士对党国要人两样。但这是与本题无关的话了。这时喝酒的那一方面,说得正极其有声色,副爷之一说到他另一时打仗的话。

“……流了血,不同了。在泥土中滚。我走过去,见到他了,那汉子,他细声细气说:‘同志,把刺刀在我心上刬一下吧,我不能活了。你帮忙吧,同志。’我怎么能下这毒手?但他又说:‘同志,就这样办,不要迟疑了。我知道我是不行了。我很高兴见到你们。他们追来了。你听,喇叭在喊了“上前上前”。同志,帮我的忙,让我死去好了,不然我将受更多苦。’我怎么办?你说我怎么办?刺刀在我的枪上。我不顾这人走上前去了,走了一会,耳朵实仍然还听到这声音。我只得往回奔。那时各处机关枪密集,小枪子如一群麻雀嘘嘘的从空中飞过去。我找到那汉子了。我说:‘同志,你能够告我你家中在什么地方有什么亲人么?’他不做声,用那垂死的兽物样子的眼睛望到我。在我二十步外已经有戴草帽子的敌人举起枪对我瞄准了。我不知如何就做了蠢事,把我的刺刀扎到那汉子胸上去,脚一伸,完了。我望到这人的脸,微笑的闭了眼睛,眼眶留着两点清泪。敌人在面前了。我回身把枪举起,这刀浴了第二个人的心血了。……我总不忘记那情形。我那次的刺刀,虽在败退情形中，仍然扎了六个人的心，可怜最先一个是那同志。我到近来才想起，这必定是女同志，她害怕被俘去以后的生活，受了伤，又不能退，所以要我帮忙。那时女同志参加的特别多。我帮忙了，这事情也不是罪过，不过我耳朵眼睛总还有这件事。……”

副爷们的话只有船老板一个人听来还有趣味的，至于同志，是谁也不把这些事当珍闻了。船老板所有趣味，在那请求同伴结果了自己的是一个女人。女人原是任何时皆可当为一种新闻来谈论的，所以直到吃过饭以后，拉船人全上了岸，那船主，一面放缆绳把舵开出，一面还说女人也到火线上去拼命，真是奇事一桩。

他也有关于女人的故事，一些极其简单卑陋，一入有知识的人耳朵便有哭笑皆难的事。照例男子们谈到这类事时，谈者听者两皆忘形不容易感到厌倦，于是船主人与副爷们把什么时候可到××都忘了。

听到岸上吃过饱饭以后拉船人极元气的吆喝声音渐促，副爷们才憬然知道船又在上滩了。

河面起了微风，空气依然沉闷，似乎到了半夜天气将变，会落大雨。

有莎鸟格格的作怪声喊着，俨然是在喊人。

因为莎鸟，副爷想到水鬼水仙，把水鬼水仙有无的事提出闲谈，这时船主人没有答话。船上若果所载的是读书人，必定在做诗。没有风月星的黑夜，但凭微微的天光，正在浅滩上负了一根长长的竹缆，把身体俯伏到几乎可以喝面前的流水的五人，是一点不风雅的向前奔路，不知道一切风光有什么诗意的。

这只船准备镶到停泊在××埠长码头成一列的许多船前去时，时候已到了半夜，有带红色的月光，从对××市的东山后涌出了。

宽阔的水面荡漾着一片金波。

船用桨划着前进。副爷们有的已经睡了。没有睡的皆站在舱面。

远处，略下游一点，一只独泊的船上，忽闻有人厉声喊"口号"，且接着问：

"从什么地方来的？"

副爷之一就大声的回答：

"第十一师，四十二团。"

"到这来。"船就向喊口号那一方面划去。这时船中为烧酒所醉的人全醒了，全爬出了舱。有人望到远处有渔火，有人把这渔火当成卖烟卖酒的船，各以其所好，随意的作一种估计。

船拢了身，互相看出"自己人"的标识了。

"怎么，这时才到！"

"这时才到，是的，该死的船！"

"是不是要找十一师那一帮？在那边，那边，到了那边你看有长桅尾梢挂旗，再过去四只就是了。"

"是左边？"

“右边，你瞧，”一面说，一面用手遥遥的指着上面的船的行列。

“明白了，明白了，同志，再见。”

“同志，再见。后面不见还有船么？”

“不清楚了，想必不会有了。已经半夜了，同志，不换班么？”

“快换班了，同志。你们应当睡了。今天象是听说二十五团坏了一只船，滩在上张头，三个拉船的不愿丢缆子，滚到乱岩中拖死了。”

“有这样事么？”

“是的，他们有人这样说过。在狮子滩一带。”

“我们可不曾见到过破船。”

“听说船倒不坏，也已经泊码头了，是××帮一只船。”

“那我们真是总理保佑。”

船仍然向前划去。

听到说今天有这样一件事情在同一河道中发生，船上人起了一种小小的骚动。狮子滩就是在吃饭以前所上那一个滩。当时没有一个人注意过这件事情。大致船伙死去的乱石间，这一船上五个拉船人就同样的也从那里爬过去。他们决不至于想到几点钟以前滩上所发生的事情。并且在船上生活，照例眼前所见也不至于留在心上多久，这事当然也只当一种笑谈，说说也就过去了。

船泊到自己师部的大船边后，副爷头目过船去见长官。水手们开始把夹篷拖出，盖满了舱面，展开席子，预备……

听到隔船有人说话声音，就正说到那一只失事的船，死者的姓名，也从那里明白了。隔船的人把这话说及时，也正象说的只是一种仿佛多年前这河里所发生的事情一样的。听到这话的这只船上的兵士们，就为那种想来非常愚蠢的水手行为好笑。因为照情形说，当时只要拉船人把背上纤带一卸，尽船顺流而下，是不是在石上撞沉还不可知。至于拉船人，却不妨站在高岸上拍手打哈哈。然而却就此死了，真应当说是蠢事了。

劳作了一整天的拉船人，也应听到隔船人所说的事情的。××帮与自己的船不同帮，不是自己的事他们不能因此来注意。他们还不曾学会为别人事而引起自己烦恼的习惯，就仍然聚成一团，蹲在舱板上用三颗骰子赌博，掷老侯，为一块钱以内的数目消磨这一个长夜。

明天不必开船，那副爷头目一从大船回来，就告给船主人了。听到这话的船主人，睡到尾梢上，虽身边就是拉船人，在叫嚣中仍然闭了眼张了口做好梦。他梦到忽然船上只剩一个兵士了，这兵士曾用手掌打过他的左右颊。他想起这事情，心中燃了火，悄悄的从火舱摸出一把切菜刀，走到正好浓睡的兵士身旁，觑了一会，就一刀切下去。不久且仿佛是船已在黑暗的夜里向下游驶去了，一船的粮秣皆属于自己一个人了。他记得船下行四十里就不属于××军的防地，欢喜极了。

这样大胆的做梦，也未始不是因为目下的船正装满了军需物品的原因。第二天，仿佛是因为害怕有被船主谋害的副爷头目，竟买了酒肉来船上犒赏众人，船主喝酒独多，醉中依然做梦，做到如何继续的把一船军米变卖的事。

这一只船休息一天以后，随了大帮军船的后面，又由几个夜里赌博白天拉船的尖脸汉子拖向××市的上游去了。

柏　子

把船停顿到岸边，岸是辰州的河岸。

于是客人可以上岸了，从一块跳板走过去。跳板一端固定在码头石级上，一端搭在船舷，一个人从跳板走过时，摇摇荡荡不可免。凡要上岸的全是那么摇摇荡荡上岸了。

泊定的船太多了，沿岸泊，桅子数不清，大大小小随意矗到空中去，桅子上的绳索象要纠纷到成一团，然而却并不。

每一个船头船尾全站得有人，穿青布蓝布短汗褂，口里噙了长长的旱烟杆，手脚露在外面让风吹——毛茸茸的象一种小孩子想象中的妖洞里喽啰，毛脚毛手。看到这些手脚，很容易记起"飞毛脚"一类英雄名称。可不是，这些人正是……桅子上的绳索背定活车，拖拉全无从着手时，看这些飞毛腿的本领，有得是机会显露！毛脚毛手所有的不单是毛，还有类乎钩子的东西，光溜溜的桅，只要一贴身，便飞快的上去了。为表示上下全是儿戏，这些年青水手一面整理绳索一面还将在上面唱歌，那一边桅上，也有这样人时，这种歌便来回唱下去。

昂了头看这把戏的，是各个船上的伙计。看着还在下面喊着。左边右边，不拘要谁一个试上去，全是容易之至的事，只是不得老舵手吩咐，则不敢放肆而已。看的人全已心中发痒，又不能随便爬上桅子顶尖去唱歌，逗其他船上媳妇发笑，便开口骂人。

"我的儿，摔死你！"

"我的孙，摔死了你看你还唱！"

"……"

全是无恶意而快乐的笑骂。

仍然唱，且更起劲了一点。但可以把歌唱给下面骂人的人听，当先若唱的是"一枝花"，这时唱的便是"众儿郎"了。"众儿郎"却依然笑嘻笑嘻的昂了头看这唱歌人，照例不能生气的。

可是在这情形中，有些船，却有无数黑汉子，用他的毛手毛脚，盘着大而圆的黑铁桶，从舱中滚出，也是那么摇摇荡荡跌到岸边泥滩上了。还有作成方形用铁皮束腰的洋布，有海带，有鱿鱼，有药材……这些东西同搭客一样，在船上舱中紧挤着卧了二十天或十二天，如今全应当登岸了。登岸的人各自还家，各自找客栈，各自吃喝，这些货物却各自为一些大脚婆子走来抱之负之送到各个堆栈里去。

在各样匆忙情形中，便正有闲之又闲的一类人在。这些人住到另一个地方，耳朵能超然于一切嘈杂声音以上，听出桅子上人的歌声——可是心也正忙着。歌声一停止，唱歌地方代替了一盏红风灯以后，那唱歌的人便已到这听歌人的身边了。桅上用红灯，不消说是夜里了。河边夜里不是平常的世界。

落着雨，刮着风，各船上了篷，人在篷下听雨声风声，江波吼哮如癫子，船只纵互相牵连互相依靠，也簸动不止，这一种情景是常有的。坐船人对此决不奇怪，不欢喜，不厌恶，因为凡是在船上生活，这些平常人的爱憎便不及在心上滋生了。有月亮又是一种趣味，同晚日与早露，各有不同。然而他们全不会注意。船上人心情若必须勉强分成两种或三种，这分类方法得另作安排。吃牛肉与吃酸菜，是能左右一般水手心情的一件事。泊半途与湾口岸，这于水手们情形又稍稍不同。不必问，牛肉比酸菜合乎这类“飞毛腿”胃口，船在码头停泊他们也欢喜多了！

如今夜里既落小雨，泥滩头滑溜溜使人无从立足，还有人上岸到河街去。

这是其中之一个，名叫柏子，日里爬桅子唱歌，不知疲倦，到夜来，还依然不知道疲倦，所以如其他许多水手一样，在腰边板带中塞满了铜钱，小心小心的走过跳板到岸边了。先是在泥滩上走，没有月，没有星，细毛毛雨在头上落，两只脚在泥里慢慢翻——成泥腿，快也无从了——目的是河街小楼红红的灯光，灯光下有使柏子心开一朵花的东西存在。

灯光多无数，每一小点灯光便有一个或一群水手，灯光还不及塞满这个小房，快乐却将水手们胸中塞紧，欢喜在胸中涌着，各人眼睛皆眯了起来。沙喉咙的歌声笑声从楼中溢出，与灯光同样，溢进上岸无钱守在船中的水手耳中眼中时，便如其他世界一样，反应着欢喜的是诅咒。那些不能上岸的水手，他们诅咒着，然而一颗心也摇摇荡荡上了岸，且不必冒滑滚的危险，全各以经验为标准，把心飞到所熟习的吊脚楼上去了。

酒与烟与女人，一个浪漫派文人非此不能夸耀于世人的三样事，这些喽啰们却很平常的享受着。虽然酒是酽洌的酒，烟是平常的烟，女人更是……然而各个人的心是同样的跳，头脑是同样的发迷，口——我们全明白这些平常时节只是吃酸菜、南瓜、臭牛肉以及说点下流话的口，可是到这时也粘粘糍糍，也能找出所蓄于心各样对女人的谄谀言语，献给面前的妇人，也能粗粗卤卤的把它放到妇人的脸上去、脚上去……他们把自己沉浸在这欢乐空气中，忘了世界，也忘了自己的过去与未来。女人则帮助这些无家水上人，把一切穷苦一切期望从这些人心上挪去，放进的是类乎烟酒的兴奋与醉麻。在每一个妇人身上，一群水手同样作着那顶切实的顶勇敢的好梦，预备将这一月贮蓄的金钱与精力，全倾之于妇人身上，他们却不曾预备要人怜悯，也不知道可怜自己。

他们的生活就是这样，若说还有使他们在另一时反省的机会，仍然是快乐的吧。这些人，虽然缺少眼泪，却并不缺少欢乐的承受！

其中之一的柏子，为了上岸去找寻他的幸福，终于到一个地方了。

先打门,用一个水手通常的章法,且吹着哨子。

门开后,一只泥腿在门里,一只泥腿在门外,身子便为两条胳膊缠紧了,在那新刮过的日炙雨淋粗糙的脸上,就贴紧了一个宽宽的温暖的脸子。

这种头香油是他所熟习的。这种抱人的章法,先虽说不出,这时一上身却也熟习之至。还有脸,那么软软的,混着脂粉的香,用口可以吮吸。到后是,他把嘴一歪,便找到了一个湿的舌子了,他咬着。

女人挣扎着,口中骂着:

"悖时的!我以为你到常德府被婊子尿冲你到洞庭湖了!"

进到里面的柏子,在一盏"满堂红"灯下立定。妇人望他痴笑。这一对是并肩立着,他比她高一个头,他蹲下去,象整理橹绳那样扳了妇人的腰身时,妇人身便朝前倾。

妇人搜索柏子身上的东西。搜出的东西便往床上丢去,又数着东西的名字:"一瓶雪花膏,一卷纸,一条手巾,一个罐子——这罐子装什么?"

"猜呀!"

"猜你妈,忘了为我带的粉吗?"

"你看那罐子是什么招牌!打开看!"

妇人不认识字,看了看罐上封皮,一对美人儿画相。把罐子在灯前打开,放鼻子边闻闻,便打了一个嚏。柏子可乐了,不顾妇人如何，把罐子抢来放在一条白木桌上，便擒了妇人向床边倒下去。

灯光明亮，照着一堆泥脚迹在黄色楼板上。

外面雨大了。

张耳听，还是歌声与笑骂声音。房子相间多只一层薄薄白木板子，比吸烟声音还低一点的声音也可以听出，然而人全无闲心听隔壁。

柏子的纵横脚迹渐干了，在地板上也更其分明。灯光依然，把一对横搁在床上的人照得清清楚楚。

“柏子，我说你是一个牛。”

“我不这样，你就不信我在下头是怎么规矩！”

“你规矩！你赌咒你干净得可以进天王庙！”

“赌咒也只有你妈去信你，我不信。”

柏子只有如妇人所说，粗卤得同一只小公牛一样。到后于是喘息了，松弛了，象一堆带泥的吊船棕绳，散漫的搁在床边上。

一点不差，这柏子就是日里爬桅子唱歌的柏子。

妇人望到他这些行为发笑，妇人是翻天躺的。

过一阵，两人用一个烟盘作长城，各据长城一边烧烟吃。

妇人一旁烧烟一旁唱《孟姜女》给柏子听，在这样情形下的柏子，喝一口茶且吸一泡烟，象是作皇帝。

“婊子我告给你听，近来下头媳妇才标得要命！”

“你命怎么不要去,又跟船到这地方来?”

“我这命送她们,她们也不要。”

“不要的命才轮到我。”

“轮到你,你这……好久才轮到我!我问你,到底有多少日子才轮到我?”

妇人嘴一扁,举起烟枪把一个烧好的烟泡装上,就将烟枪送过去塞了柏子的嘴,省得再说混话。柏子吸了一口烟,又说:“我问你,昨天有人来?”

“来你妈!别人早就等你,我算到日子,我还算到你这尸……”

“老子若是真在青浪滩上泡坏了,你才乐!”

“是,我才乐!”妇人说着便稍稍生了气。

柏子是正要妇人生气才欢喜的。他见妇人把脸放下,便把烟盘移到床头去。长城一去情形全变了,一分钟内局面成了新样子。

一种丑的努力,一种神圣的愤怒,是继续,是开始。

柏子冒了大雨在河岸的泥滩上慢慢的走着,手中拿的是一段燃着火头的废缆子,光旺旺的照到周围三尺远近。光照前面的雨成无数返光的线,柏子全无所遮蔽的从这些线林穿过,一双脚浸在泥水里面——他回船上去。

雨虽大,也不忙。一面怕滑倒,一面有能防雨——或者不如说忘雨的东西吧。

他想起眼前的事心是热的。想起眼前的一切，则头上的雨与脚下的泥，全成为无须置意的事了。

这时妇人是睡眠了，还是陪别一个水手又来在那大白木床上作某种事情，谁知道。柏子也不去想这个。他把妇人的身体，记得极其熟悉；一些转弯抹角地方，一些幽僻地方，恰如离开妇人身边一千里，也象可以用手摸，说得出尺寸。妇人的笑，妇人的动，也死死的象蚂蝗一样钉在心上。这就够了。他的所得抵得过一个月的一切劳苦，抵得过船只来去路上的风雨太阳，抵得过打牌输钱的损失，抵得过……他还把以后下行日子的快乐预支了。这一去又是半月或一月，他很明白的。以后也将高高兴兴的作工，高高兴兴的吃饭睡觉，因为今夜已得了前前后后的希望，今夜所"吃"的足够两个月咀嚼，不到两月他可又回来了。

他的板带钱已光了，这种花费是很好的一种花费。并且他也并不是全无计算，他已预先留下了一小部分钱，作为在船上玩牌用的。花了钱，得到些什么，他是不去追究的。钱是在什么情形下得来，又在什么情形下失去，柏子不能拿这个来比较。总之，比较有时象也比较过了，但结果不消说还是"合算"。

轻轻的唱着《孟姜女》，唱着《打牙牌》，到得跳板边时，柏子小心小心的走过去，预定的《十八摸》便不敢唱了——因为老板娘还在喂小船老板的奶，听到哄孩子声音，听到吮奶声音。

辰州河岸的商船各归各帮，泊船原有一定地方，各不相混。可是每一只船，把货一起就得到另一处去装货，因此柏子从跳板上摇摇荡荡上过两次岸，船就开了。

一九二八年五月作

原载《小说月报》十九卷八号

采　　蕨

阿黑成天上山，上山采蕨作酸菜。

一人背了个背笼，头上一块花帕子，匆匆忙忙走到后山去。这几天蕨正发育得好，所以阿黑就成天上山。说匆匆忙忙，那这又是很久以来的习惯了。单说头上花帕子，村中五明，远远的，只要见到花帕子，就知道是阿黑。知阿黑所在，牛也不必顾，赶过来，到了阿黑身边，人就快活了。

为什么必须这样？五明是不在自己心上问，因此也不必在心上找出明确的回答。

来到了阿黑身边，先是不说话，就帮忙插手采蕨。把蕨采得一大把，准备放到阿黑的背笼时，两人之中其一才说话。

若是女人先开口，则不外"五明我不要你的，你的全是老了的，要不得"。阿黑说了照例还要笑笑。这样一来五明是会生气的，就放到口里嚼，表示蕨并不老。直到见五明仿佛生气，当然要改口，就说："谢谢你，放到笼里去吧。"五明于是也笑了，再来采蕨劲头更大了。

但假如是五明开口说话呢。五明这孩子怪，他不知为什么人不上城却学了不少城里人的话。他总说："阿黑你是美人。"阿黑若说"美不美你管不着"，这话自然还有点抵制五明说反话的意思，五明就又用城里人腔调，加劲的说："阿黑，你是观音菩萨。你自己难道不知道，还要人来称赞？"说这些话的五明，满肚子鬼，阿黑早看出了。她只笑。在笑中和其他行为中，她总有方法保持她的尊严，五明虽是个鬼，也无办法。

他要撒野，她是知道的。一到近乎撒野的举动将做出时，阿黑就说她"要告"，告五明的爹，因此一来，这小鬼就"茅苞"[①] 了。到他茅苞不知所措时，阿黑自然会笑，用笑把小鬼的心安顿下来。

阿黑比五明有本事，在这些小处可以看得出。到底是年长两岁的人，生命逐渐成熟，要作糊涂事，自然也必定经过一些考虑。然而我们可以说，这个人，凡事考虑是考虑过了，对于五明可无问题。同五明玩玩，比之于在大桥头看干龙船，全不必当成大事看待的。可是五明这小子，人小胆小，说是"要告"，就缩手不前。女子习惯是口同手在心上投降以后也还是不缴械的。须要的是男子的顽强固执。若五明懂得这学理，稍稍强项，说是："要告就告去吧。准备挨一顿打好了。"也非霸蛮不可，用了虽回头转家准备挨打在所不辞的牺牲精神，一味强到阿黑，阿黑是除了用双手蒙脸一个凡

---

① 茅苞：慌张。凤凰土语。

事不理，就是用手来反搂五明两件事可作。这只能怪五明了，糟蹋了这么一个好春天。

然而且看吧，桃花李花开得如此热闹好看，画眉杜鹃鸟之类叫得如此好听，太阳如此和暖，地下的青草如此软和，受了这些影响的五明，人虽小，胆虽小，或者是终有造反的日子在后面！

果不其然，今天就一切全来了。

他们在老虎岩后面，两个人，低头采蕨。雨后放晴，有许多蕨，都冒出了拳曲的新芽。然而那是路坎边的情形，这里可不是路坎边，地不向阳，为一扇扇大的岩遮拦，地虽肥，蕨却并不多。因为五明的鬼，这鬼处，一半也为阿黑默认，一面采蕨一面走，终于走到这幽僻的地方来了。

岩下是一块小坪，除了可以当褥子的茸茸软草外并无别的。远处雀鸟叫得人懒懒的。

五明头抬起时，朝这小坪望望，一种欲望就恍恍惚惚摇动自己的心，有点招架不住的样子。

"阿黑姐，你看那里。"

"我看了，眼睛不瞎。"

"看了就……"

阿黑只抬头装成生气的样子望了五明一眼，五明说不下去了。

五明打主意，蕨是仍然采。眼睛望的是阿黑，手却随意向草中抓，抓的不问是草是花，一同捏在另一只手里。

“哎呀!”随随便便伸手采蕨的结果,有了好教训,手指为去年的枯茅草割破,血染红了手。

阿黑本来听惯了五明的“哎呀”,并不理会,她是背对五明,低头采蕨的。她以为五明故意大惊小怪,故意使人吃惊。因为这孩子有过例子,“人好心坏”。

五明把另一只手采来的蕨全丢了,捏着自己的手指冲下坪里去。他坐到草地上大喊,装成受了重伤的样子。

阿黑转身向下面望五明,望到五明的手红了,“怎么,五明?真流血了?”

“是呀!我这只手指快断了,了不得了快来救命!”

这又是显然的夸张了,手不过割破了一个不到一寸长小口子而已,那么容易折断。然而见到了血,阿黑不能不跑下坪里来看望同伴了。这手明明白白是茅草割破的。五明流血是为帮阿黑采蕨,责任在阿黑,也很显然了。阿黑一跑就跑到五明身边,蹲下去,拿五明的手一看,知道伤处在中指,割了一条小缝,血从缝中出,就忙把口去吮。且撕布条子缠五明的手指,这布条是从腰带上撕下的。

五明这时哪里有什么痛,不过有意使坏把她喊来而已。

“哎呀。真痛呀!”口上虽如此喊,眼却望着阿黑半真半假的发痴。

阿黑一面说不要紧,一面只是笑。做鬼的人总不能全做鬼,尽说痛,其实是假的。聪明的阿黑,尽他喊,不说别的话,也不引咎自责,她懂透了他的野心。

然而血还是在流,阿黑记起来了,要五明把手举起来。举手象投降,五明这时向阿黑投了降。因为更接近了点,挨到阿黑的身子,有说不出的舒服。

血既止,不好意思再大嚷大叫了,就笑了。见到这小子笑,阿黑说:

“小鬼你真莽!”

“我不莽你就不愿意下坪里来坐坐。”

“那是故意了。”说时就仿佛要起身回头走去。

他拖定了她。

“不,我承认我莽! 我莽! 我是莽子,是蠢东西。”

“你这小鬼才真不蠢!”这样说,不但不走开,且并排坐在五明身边了。见到血,她心已软了。她拿了五明的手,验看血还流不流。

五明这人真是坏,他只望阿黑的脸。望她的眼,从眼望进去,一直望到女人的心。

“你认不真我吗,蠢东西?”

“你是观音娘娘。”

“又来这一套。狮子舞三道,使人厌烦。我看你还是老实一点好。”

“你是活菩萨。”

"放狗屁。你去叫你妈吧,她会赏你三个爆栗子!"

"你真是,见了你我就要……"

阿黑笑笑,不作答,咬了一下嘴唇。

"见了你我就要……"五明又说。

"就要什么咧?说瞎话我就要告伯伯。"

五明不做声了,他笑着摇摇头,想了想,象推敲一句诗,过了一会儿才说:

"我见了菩萨就想下跪磕一个头,见了你也是这样。"

"嗤……鬼!不知道害臊!"说了且用一个指头刮他的脸。

"你总说人家是鬼,是小鬼,又是短命,其实人家的心是好的。"

"是烂桃子的心,是可以吹哨子有眼的心。"

"你们女子心都是好的!我见到过巴古大姐同肖金做的事。我也要……"

"你嘴放干净点。人家翻倒跟头,关你什么事?你自己管你不流鼻涕就好了。"

"他们在草地上撒野,全不怕人看到。他们做得我们也做得。"五明说了,想到另外一件事禁不住心跳。

"你看天气这样好,草这样软和,你(说时,已抱了阿黑)同我试一试。"

"你莫挨我!"她用手解除了象带子的五明的手。"你这小鬼真越来越野了。"

“为什么我不能野？这里又没有别人。”

“没有人就非撒野不可吗？”

“我要做肖金同巴古大姐做的事。”

“他们是两只狗。”

“我也愿意做狗。”

“你愿意做狗就去吃屎吧，我也拦不住你。”

“要吃你的……”

阿黑把手扬起，预备狠狠的打一下那涎脸样子。脸该打。那油嘴，也该打。

“你打，你打，我愿意你打死我。死了见阎王也有个报销，不白活一世。”

阿黑却不打，在心上想，到底怎么办？是走脱，还是让这小子胡闹一阵好，还无决然断然主意。

一些新的不曾经过的事情，使阿黑有点慌张。委实说，坐在自己身旁边，若是一个身高六尺腰大十围的汉子，象新场街头的那个牛屠户，手大脚长脸上长横肉，要来同在自己身边作一些不熟习的行为，的确非逃走不可。但眼前的五明，只是一个小孩子，纵那种不习惯的新事，也仿佛因对面的人得了一种轻而易与的感觉了。

她望到五明脸红红的十分可笑，又十分讨人嫌的样子。她又望这小子的眼。小子的眼睛放光，如点得燃纸煤子。本来是想脱身，只要下决心，同时在颜色上拿出一点正经样子，自然会把五明兴头打下。可以脱身她却不设法,也仿佛是经五明说到天气好,才明白真正是大好春天!心中却轻轻的说:“五明小鬼,你人小小的,就那么坏,再大五岁会去做土匪!”

假若再讨厌,也只是这样说说吧。

在阿黑的思索下,所谓小鬼者,也有了些觉悟。他觉得今天天气好、地方好、机会好、人好,所以不及往日萎靡。并且虽经常说要告,小小的撒野并不曾真正告发过一次,则阿黑口上说的话吓人力量已不如从前,显然是更大的撒野也不甚要紧,就更理直气壮了。

天气的确太好了。这天气,以及花香鸟鸣,都证明天也许可人在这草坪上玩一点新鲜玩意儿。五明的心因天气更活泼了一点。

他箍了她的腰,手板贴在阿黑的胸前,轻轻的抚摩着。这种放肆使阿黑感到受用,使五明感到舒服。

阿黑故意把脸扭过去,不做声,装成十分生气。其实一切全见到了,心在跳,跳得不寻常。

“菩萨,好人,大王,你不要这样!”

虽求,也仍然不理,还说是“家去非报告不可”。

这是既无胆量又无学问的人吃亏处了。若五明知书识字,就一定知道这时最好的处置方法,是手再撒点野,到各处生疏地方去旅行,当可以发现一些奇迹。

阿黑说非报告不可,怯是有点怯,但他却以为挨打是以后的事,管不着那么多。五明故意作可怜样子,又似乎顽皮样子,说:

“你让我爹打我，你就快活欢喜吗？好心狠。”

阿黑笑，说：“我为什么不欢喜。你这小子越来越坏！不小心还会把你关到监牢里去的，你信不信？”

“我不信。”

“不信吗？我才愿意你挨打，罚你的跪，不送你饭吃，因为你不讲规矩！”

“什么规矩？”

“我赌咒，赌十八个咒，我要把今天的事情一五一十全告诉你爹。”

五明不再做声。他心想：“要告，那挨打一顿，是免不了的。不许吃饭，罚跪……既然免不了挨打挨饿，索性再撒点野，把她先打一下，回头再让爹来处罚，也够合算的。”

“你一定要告爹吗？”五明涎脸问。

“你坏得很，一个小孩子，不讲规矩撒野到这样子，那还了得！”

他于是索性再坏一点，冷不妨把头偏过去吮阿黑的脸、耳朵和鼻子。这行动来得非常敏捷，使防御者无从防御。阿黑出其不意，被他在脸颊上吻一个够，只用手在被吻处乱抓。且嗄的一声，身子乱动，象不受抚摩的劣马。他还想再来寻方便喂阿黑一点口水，还想咬她的舌子，阿黑可不尽五明这么胡闹了，一面挣扎脱身，一面说：

“你这鬼，我赌一百八十个咒，愿意见你挨你爹的老拳头擂捶!”

“我不怕,把我打下九十九层地狱也不怕。”

“不要脸,一个小孩子也这样说野话!”

“你说我小,我要你知道。”

这小痞子松了一只手就使出更坏的手法来了,一切都是崭新的,平时没有过的。

她把眼闭紧,只是不理会。她要说:“我没有眼睛看你那呆样子。”

今天的五明真是胆大包天,得寸进尺,天雷打下也不怕了。

虽把眼闭紧,绝对什么也不看,说就善罢干休,恐怕不那么容易。阿黑的意见,正象知道贼在眼前,假装不看见,贼就不偷东西了。但实在要偷,也请便。这意思用不着开口,似乎更分明了。

五明拖阿黑的手……

过了不久,阿黑哧的笑了,睁开眼回过头来,一只手就拧了五明的脸。

“小鬼,你真是作孽害人,你人还那么小小的,就学会了使坏到这样子?谁教你这一手?”

这小鬼,得了胜利,占了上风,他慌张得象赶夜鱼,深怕鱼溜脱手。

“五明,大白天这样野,不怕天雷劈你!”

“你还告不告我爹?”

“我赌一千八百个咒，非告不可。”

“告他老人家说，我打了你，我疼了你。”

五明这小子，说是蠢，才真不蠢！不知从什么地方学来这些铺排，作的事，竟有条有理，仿佛是养过孩子的汉子，这样那样，湾里坳上，于是乎请了客，自己坐主席，毫不谦逊的执行了阿黑的夫的职务。

这时阿黑真不须乎用眼睛看，也能估计得出碗中的菜的分量了，阿黑闭了眼，嘤了一声，就不再说话。

她躺在草地上象生了一场大病。

象一只猫一样，爬上老虎岩的虎头上蹲着的五明，唱了许多山歌，全是稀奇古怪使别的女人听来红脸的山歌。这小子的天才，在歌上同其他新事情上都得了发展机会，真得意极了。阿黑呢，她的心，这时去得很远很远。她听到远远的从坳上油坊中送来的摇槌声和歌声，记起了油坊中的一切情形来。

医　　生

在四川的R市的白医生，是一个有风趣的中年独身外省人，因为在一个市镇上为一些新旧市民看病，医术兼通中西内外各症，上午照规矩到市中心一个小福音医院治病，下午便夹了器械药品满街各处奔跑。天生成的好脾气，一切行为象在一种当然情形下为人服务，一个市镇上的人都知道，谁也不愿意放弃这个麻烦医生的权利，因此生意兴隆，收入却总不能超过一个平常医生。这好人三月来忽然失踪不见了，朋友们都十分着急，各处找寻得到一点消息。大江中恰在涨桃花水时节，许多人以为这人一定因为散步掉到江里去，为河伯雇去治病，再不会回到R市来了。医生虽说没有多少田地银钱，但十年来孤身作客，所得积蓄除了一些家什外，自然还有一笔小小产业。正当各处预备为这个人举行一个小小追悼会时节，因为处置这人的一点遗产，教会中人同地方绅士，发生了一些不同的意见，彼此各执一说，无从解决。一个为绅士说话常常攻击过当地教会的某通讯社，便造作一种无稽的谣言，说是医生落水并非事实，近来实在住到一个一百里外的地方养息自己的病。

这消息且用着才子的笔调，讥评到当地的教会，与当地的贫民，以为医生的病是这两方面献给的酬劳。这其中自然还有一些为外人不能明白的黑幕，总不外处置医生身后产业的纠纷。这消息登出以后，教会即刻派人到所说的地方去找寻，结果自然很是失望，并没有找到医生。但各方面的人都很希望这消息不完全无因，所以追悼会便没有即刻举行。可是，正当绅士同教会为医生遗产事调解分派妥当那一天，许多人正在医生住处推举委员负责办理追悼会时，医生却悄悄的从门外进来了。

他非常奇怪有那么多的人在他房子里吃酒，好象是知道他今天会回来的一样，十分喜欢。嘍的喊了一声，他就奔向一个主席的座边去，抓着了那个为他开追悼会的主席的手只是乱摇，到后在大家的惊讶中，又一一同所有在座的人握手。医生还是好好活着的，虽然瘦了一点，憔悴了一点，肮脏了一点，人仍然是那么精神。在座的人见到医生突如其来，大家都十分骇异，先一时各人在心上盘算到各人所能得到的好处，因此一来，完全失去了。大家都互相望到不好说话，以为医生已经知道了他们的事情。主席更见得着忙，把那个关于处置医生产业及追悼会的用费议案压到肘子下去，同所有在座诸人用眼睛打知会。医生却十分高兴，以为这样凑巧真是难得的事情。他猜想一定是做主席朋友接到了他的口信，因他只是打量托人带了一个口信来，他以为这口信送到了，算定他在今天回来，这些有义气重感情的朋友，大家才一同约在这里欢迎他的。他告诉在座熟人,今天真是有趣味的一天,应当各人尽醉才许回去。

那个主席,含含混混,顺到医生的意见,催用人把席面摆出。上了席,喝了三杯,各个客人见到医生的快乐脸孔,就都把自己心上应抱惭的事情渐渐忘记了。医生便说今天实在难得,当到大家正好把这十几天所经过的一段离奇故事,报告一下。他提议在这故事说出以前,各人应当再喝十大杯。于是众人遵命各尽其量再喝了些酒,没有一个人好意思推辞。吃了一阵,喝了一阵,大家敷衍了一顿空话,横顺各人心里明白,谁也不愿意先走,因为一走又恐怕留到这里的人说他的坏话。

吃够了,医生说:"今天妙极了,我要说说我的故事给大家听。"本来大家都无心听这个故事,可是没有一个人口上不赞成。其时那个主席正被厨子请出到外边窗下去,悄悄的问询今天的酒席明天应当开谁的账,主席谎说这是公份,慢慢儿再说,很不高兴的走进去。医生因为平时同主席很熟,就说:"仁兄,我同你说一个新《聊斋》的故事,明天请我吃一席酒,就请在座同人作陪,如何?"大家听到有酒吃,全拍手附和这件事,医生于是极其高兴的说他十天来所经过的那件事:

"我想同你们说,在最近的日子里,我遇到过一次意外事情,几乎把这时在这里同我这些最好的朋友谈天的机会也永远得不到了。关于近十天来我的行踪,许多熟人多不知道,一定都很着急。

你们不是各处都打听过，各处写过信去探问过，到后还是没有结果吗？不过，我今天可回来了，你们瞧瞧我手臂上这个记号，这个伤痕，就明白它可为我证明十几日前所经过的生活中，一定有了些不儿戏的冒险事情发生。我让这一处伤痕来说话，让我的脸来说话，(因为平常没有那么白，)假如它们是会说明一切过去的，那么，我猜想，这故事的重述，一定能够给你们一些趣味。它们如今是不会说话的，正象在沉默的等待我把那个离奇的经过说出给大家听听。我看你们的神气，就有人要说：'一个平常人所有的故事，不会是不平常的。'不要那么说！有许多事情全是平常人生活中所遭遇的，但那事情可并不平常。我为人是再平常没有了，一个医生，一个大夫，一个常常为你们用恶意来作笑嘲称呼的'催命鬼'。社会上同我一样过着日子的，谁能够计数得完全？社会上同我一样平庸一样不知本行事业以外什么的，谁能够计算得清楚？我们这种人，总而言之是很多很多的。我哪里能够知道明天的世界？我能明白我明天是不是还可以同你们谈天没有？你们之中谁能够明白回家去的路上，不会忽然被一个疯狗咬伤？总而言之，我们真是不行的。我们都预料不到明天的事。每一个人都有意外事情发生，每一个人都不能打算。事情来了，每一个人都只有把那张吃肉说谎的口张大，露出那种惊讶神气。

“我凭这手臂上的伤痕，请你们相信我，这整十天来，曾做了整十天古怪的人物、稀奇的囚犯。我认识一个男子，还认识一个妇人，我同他们真是十分熟习，可是他们究竟认识我没有，那妇人她明白我是一个什么人，她那个眼睛，望到我，好象是认得我，可是，我不愿意再想起她，想起她时我心里真难受。我不是在你们面前来说大话，我是一个远方郎中，成天得这里跑跑那里望望的一个人，我是社会上应分活动不定的一个小点，就因为这身份，我同这个妇人住在一处，有十天守着这样一个妇人过日子，多稀奇的一件事！

“我把话说得有点糊涂了，忘了怎么样就发生了这样事情。听我说罢，不要那么笑我！我不是说笑话，我要告诉你们我为什么同一个妇人住了十天的事，我并不把药方写错，我只把秩序稍稍弄乱而已。

“我的失踪是三月十七，这个日子你们是知道的。那天的好天气你们一定还有人记得。这个春天来了时，花呀草呀使人看来好象不大舒服，尤其是太阳，晒到人背上真常常使人生气。我又不是能够躲到家里的人，我的职务这四月来派上了多少分差事，人家客客气气的站到我面前说：‘先生，对不起，××又坏了，你来看看罢，对不起，对不起！’或者说：‘我们的宝宝要先生给他药，同时我们为先生预备得有好酒。’……我这酒哪里能戒绝？天气是这样暖和，主人又是这样殷勤，莫说是酒，就是一杯醋我也得喝下肚去。就因为那天在上东门余家，喝了那么一杯，同那老太太谈了半天故事，我觉得有点醉意，忽然想起一些做小孩子的事情，我不愿意回转到我的家中等待病人叫唤了。到后我向上东门的街上走了一阵，出了街，又到堤上走了一阵。这个雨后放晴的晚春，给我的血兴奋起来，我忘记了我所走的路有多远。待到我把脚步稍稍停顿留在一家店铺前面时，我有点糊糊涂涂，好象不知不觉，就走了有十里路远近，停脚的一家，好象是十里铺卖洋线最有名的一家。

"为什么就到了这里，我真一点不清楚。听到象是很熟耳的一个人喊我的声音，我回头去看时，才见到两个人，却不知道在什么地方曾认识过。他们向我点头，要我进那铺子里去。本来我不想答应的，因为我觉得有了很久不曾到过十里铺来，十里铺象已很热闹许多了，我想沿街走去，看看有什么人在路上害热病没有。

"那时从一个小弄堂里，跑出一个壮实得象厨子模样的年青人来，脸儿红红的似乎等了我许久的样子，见了我就一把揪着衣角不放。我是一个医生，被一个不识面的人当街揪着，原不算什么奇怪事情，我因职业的经验，养成惯于应付这些事情的人了。那时这人既揪着我不放手，我知道有什么事情发生了，我说：

"'怎么样，我的师傅，是不是热油烧了你那最好帮手的指头？'

"好象这句话只是我自己说来玩玩的一句话，他明白医生是常常胡乱估计当前的主顾的，只说着'你来了真好'，就拉着我向一条小巷里走去。我一面走一面望到这厨子大师傅模样的年青人侧面，才明白我有了点糊涂。我认识他是地保一类有身份的人的儿子了。我心想一定是这憨人家里来了客，爸爸嘱咐他请几个熟人作陪，故遇到了我后，就拉着跑回家去了。这酒我并不想喝的，因为陪什么委员我并不感兴趣，我说：‘老弟，你慢走一点，我要问你，究竟是怎么一回事。你不能把我随便拉去的，我这时不可为你陪什么阔人喝酒，我不能受你家的款待。我还有许多别的事情要即刻去做，我是一个郎中，偷闲不得，李家请我开方子，张家请我开方子，我的事情很多！’

“可是这个人一句话也不说，还是把我拖着走过一条有牛粪的肮脏小巷，又从一个园墙缺口处爬进去，经过一个菜园，我记得我脚下踹倒了许多青菜。我们是那么匆忙，全是从菜畦上践踏，毫不知道顾惜这些嫩嫩的菜苗。你们明白的，一个医生照例要常常遇到这类稀奇事情的，人家的儿子中风了，什么太太为一百钱赌气闹玩似的用绳子套到颈项上去了，什么有身份的胖子跌到地下爬不起身了，总而言之，这些事情在这个小城里成天会发生一件两件。出了事的人，第一个记起要找寻的便是医生。照例他们见了你话也不必多说，只要一手捞着你就带着你飞跑，许多人疑心你会逃脱，还只想擒你的衣领，因为那样才可以走得更快一点。若不是我胁下常常夹了一个药包，若不是我在这市镇上很有了些年岁，那些妇人家中发生了什么事情时，蓬头散发眼泪汪汪当街一把扭着，不让我分辩，拖着就走，不是有许多笑话了吗？若是这里的警察，全不认识我，他为了执行他那神圣的责任，见到这情形，我不是还得跟他到局里去候质吗？可是我是一个成天在街上走、成天在街上被拉的人,大家对我都认识了,大家都不注意我被人拖拖拉拉是为什么事了。我自己,自然更不能奇怪拉我的人了。如今就正是这样子。这人拖我从菜园里走,我也随了他走,这人拖我从一个农庄人家前门走进又打后门走出,我也毫不觉得奇怪。我听到有些狗对我汪汪的吠,有许多鸡从头上飞过去,心里却想这一定不是喝酒陪客的事,一定出了别的什么岔子,这人才那么慌张失措,才那么着急,这人家里或者有一个人快要落气了,或者已经落气我赶去也无济于事了。想到这样还想到那样,我的酒意全失于奔跑中。我走得有点发喘,却很愿意快到一点,看看是不是我还能帮这个人一点忙。一个医生人人都说是没有良心同感情的,你们可不知道当我被一个陌生人拉着不放向前奔窜时,我心里涌着多少同情。我为一点自私,为了一点可以说是不高明的感情,我很愿意有许多人都在垂危情形中,却因为我处治得法回复转来。我要那种自信,就是我可以凭我这经验以及热忱,使我的病人都能化险为夷。可是,经过我的诊治,不拘是害急病的,害痨病的,他一连到过我处有好几回,或是我到过他处一连有好几回,到后当他没有办法死去的时节,我为了病人的病,为了自己的医道,我的寂寞,谁也不会相信有那么久那么深。我常常到街上遇见一些熟人的脸孔,我从这些脸孔上,想及那人请我为他家里人治病时如何紧张惶遽,到后人要死了他又如何悲哀,人死过一阵了他又如何善忘,我心上真有说不尽的难受。你们看,这就是你们说的没良心的医生的事!他每天就这么想，为这些人事光景暗暗的叹息。他每天还得各处去找那些新的惆怅，每天必有机会可以碰到一件两件。……让我说正经事情吧，我不是说我被那个人在我不熟习的路上拖走了好一会儿吗？

“到后我们到野外了。这人还是毫不把我放松，看情形我们应走的路还很远，我心里有点不安了。我说：

“‘汉子，你这是怎么啦，你那么忙，我是不愿意再走一步了的。我是上了年纪的人，不如你这样精壮。我们应当歇一会儿，吐吐气。’

“他望了我一下，看出我的不中用处了，稍稍把脚步放慢了一点。

“因为两人把脚步放慢了一点，我才能够注意一下，望清楚我们是在一条小小的乡村路上走，走完了一坪水田，就得上山了。我心里打算这人的家一定是住在山寨堡子里的，家里有媳妇生养儿子，媳妇难产血晕，使他也发疯了。不知为什么我那时却以为把事情猜准了，就问他说：

“‘她不说话是不是？’

“他说：‘是的。’

“‘那无妨，你用水喷过她吗？’

“他好象奇怪的很，向我望着：‘用水可以喷吗？’

“我点点头，又问他：‘有多久了咧？’

“他好象在计算日子，又象计算不清楚，忽然重新想起病人的危险情形，就又拉着我飞跑了，我以为我很明白他的意思，我以为我很理解这个人，因为凭我的经验、我的信心，与对于病人的热情，一定到了地后就能够使病人减少一点痛苦，且可使这男子的心安静，不至于发痫发狂。我一面随了这个年青人奔跑，一面还记到许多做父亲的同做母亲的生养儿子的神气，把一些过去的事当成一种悦目开心的影片，一件两件的回忆着，不明白这从容打哪儿得到的。

“我愿意比他走得更快一点，可是，我实在不行了。他不让我休息一会儿，我就得倒在水田里了。我已经跑了太多的路，天气实在太好了，衣服又穿多了一点，胁下夹的一包又并不轻松，并且脚下的路不是为我这惯于在市中石路散步的医生而预备的，前一些日子的雨使这条路润滑难行。我的皮鞋，我担心到它会要滑滚，我说：‘不行了，不行了，我要坐到水田里去了。我是医生，充军的匆忙我受不了。我头昏了。……’

“我当真已头昏眼花了，我只想蹲下去，只想蹲下去，我不晓得为什么到后来就留在一个人家空房里了。我一切都糊糊涂涂，醒回来时，睁开眼睛，似乎已经天夜了，房中只一点点光，这光还象是从一个很远很远的地方来的，是什么光我也糊糊涂涂认识不清楚。我想了一会儿，记起先前的事了，我记得我怎么随了一个汉子奔跑，在那水田塍上乱走，我如何想休息，如何想坐，到后就不十分清楚了。我想我难道是做梦吗？摸了一下自己的前额，又似乎完全不是做梦。我因为觉得所在的地方十分清静凉爽,用手摸摸所坐草席以外是些什么东西,抓到一把干爽的细石沙子。我再去回想先前的事,我明白已经无意中跌到路旁的地窟窿下来了。我所在地方若不是一个地窟窿,便应当是一个山峒,因为那些细细的沙子,是除了山峒不会有的。我想喊喊看,是不是还有为人救出的希望,喊了两三声不曾听到什么回声。我住的地方当真不是什么房子,可是也不是什么地眼,因为若果我是无意中掉下的,我不应当恰恰就掉到这草席上。并且我摸了一下全身,没有什么伤处。当我手向左边一点闪着微光的东西触着时,我才知道那正是我的一套为人治病的家业,显然我是为人安置到这地方来的。

"我明白一定是那个人乘我失去知觉时节背来这地方,而且明白这是一个可以住人的干峒里,不过明白了这些时,我反而惶恐不安了。因为这样子,不正是被人当作财神捉绑,安置到这里来取赎的吗?我真不明白为什么他们计算到我这样一个人的头上来了。想不到我这点点产业,还够得上这样认真。我很纳闷无从知道这地方究竟离我们市上有多远。

"当我记起传闻上绑猪撕票的事情时,我知道我的朋友们一定着急得很,因为我只是一个人,一切都得你们照料,真有耗费你们精神的许多事情要做。关于绑票我以为是财主的一份灾难,料不到这事我也有份的。我思索不出这些人对我注意的理由,却相信我已经成为他们的一只肥羊。

“因为久了一点，我能把前后事多思索了一下，记忆得到我为什么下乡，为什么碰到这样一个人，为什么被他牵走，并且我们在路上又说了些什么话，我就觉得这事亏他们安排得这样巧妙。这一次，一定是他们打听得出我在R市上的地位，想要我的朋友破费了。想起那个土匪假扮的痴人样子时，我就很好笑，因为我从没有想到那种人也会做什么坏事。

“既然把我捉来了，什么时候可以见他们的首领？见了他们的首领，万一开口问我要十万五万，我怎么向这个山上大王设词？我打算了好一会儿，还没有一个好计划可以安然脱身。我只希望票价少一点，把我自己一点积蓄倒出便可以赎身，免得拖累其他熟人。我并且愿意早早出去，也不必惊动官厅，不然派些兵来搜索，土匪走了，他们把我留到这里，军队照规矩又只能到村子里朝天放放空枪，抓了一些鸡鸭，牵了一些猪羊，捉了一些平常农庄人，振队鸣鼓回去报功，我还得饿死在这山峒里，真是无意思的事情。

“峒中没有一个人，我也没有被绳子捆缚，可是我心里明白，我被人捉到这里来，既看作财神，不是轻易能逃走的。峒中无一个人，峒外一定就下得有机关埋伏，表面仿佛很疏忽，实际上可没有我的自由。因为诱骗我到这儿来的本领既然就已不小，那作头目的也就当然早已注意到这些事了。我以为外边一定埋伏得有喽啰，手里拿得有刀，把身隐藏在峒外，若见到我想逃走时，为了执行任务起见，一定毫不客气就是那么一刀。我从前曾经见过一个想从土匪窠里逃走，到后两只耳朵被刀削去的人，我不愿意挨那么一下。况且这里既是匪窠，离城市一定不近，我逃到什么地方不会被这些人捉回去受罪？

“可是我想了很久，又喊了两声，始终没有人回答，我的心可活动一点了。我以为或者他们全到别处吃饭去，把我忘却了，也未可知。就壮了自己的胆，慢慢的走到有光处去。我摸到地下沙子十分干燥，明白不会在半路陷到水里去。便慢慢的爬行过去，才知道前面是一个大石头，外面的光从石罅处透进来，受了转折，故显得极其微弱。从那个石罅里望出去，但望到另外一块黑色石头，还是不知道我究竟在什么地方，离有人家处多远。从那石头上的光线看，我知道天色已经快晚了。我心里着急起来，因为挨饿不是我十分习惯的事情，半天没有水喝，也应当吃一点什么东西才行。如今既不见到一个人，什么事情都不明白，什么时候有人来还不知道，我应当怎么过这一夜？

“我有点着急，且有点奇怪，是我究竟从什么地方进到这峒里来。因为那个石罅绝不能容一个人进出，那么一定还有一个别的机关遮掩到这山峒的出入了。我到后就爬在地下各处摸去。这峒并不很宽，纵横不会到十五丈，我即刻就知道了这峒的面积，且明白了这峒里十分干燥。不多久，我摸到一扇用木柱作成的栅门了。我很小心的防备到外面小喽啰那一刀，轻轻的去推动那一扇门。这扇门似乎特别坚固，但似乎没有下杠，我并不十分用力已经就把门推开了。我心跳得很,但是十分欢喜。为了防备那一刀,好久好久没有做声。到后又自言自语说了一句话,证明了门的那一边实在没有什么埋伏了,才把门推开摸过去。我真是一个傻瓜,原来这是一个绝路！这是峒里另外一部分,被人用木门隔开,专为贮藏粮食的仓库。我脚下全是山薯,手又触着了一个大瓮,我很小心把手伸进瓮里去时,就摸着了许多圆圆的鸡卵。另外我又摸到一件东西,使我欢喜得喊叫起来。

“我原来摸到一些纸,我想起只要有一根自来火,就可以搓一个纸捻烛照峒中一切了。我真是傻瓜,这样半天才想起自来火！我真是傻瓜,平常烟也不吸,若是早会吸烟,那么身边一定就有救命的东西了。我记起了自来火的用处,可没有方法找寻得到一根自来火。

“我仍然坐在我那草席上面,等候天派给我一份的灾难,如何变化,如何收场。我心想若是上帝不到这峒中来,那我着急也无益。不知又过了多久,忽然听到一点细微的声音,象是离得很远,先还以为是耳朵嗡鸣,又过一会儿,声音象已近了许多,猜想事情快要发生变化了,我心里很镇静,一点不忙,一点不怕,因为我想若是见到什么山大王,我有许多话可以解释,不至于十分吃亏。等了一会儿,那声音又渐远渐小,显然是对于我的事没有帮助了,自然十分失望。可是我还能够听到声音,却证明我不至于同有人住的村落很远，不至于同人世隔绝。并且我最担心的不是土匪的苛求，而是被人关到这山峒里饿死。如今无意中发现了仓库，峒中存得有那么多粮食，一时既不至于饿死，那么别的当然不足过虑了。

“我糊糊涂涂又睡了，快要睡去时，我想或者我仍然是在做梦，一觉醒来就不同了的。我的情形，不是上帝同魔鬼的试炼，或者就是什么朋友的恶作剧。因为我同几个朋友讨论过峨嵋山隐士道者的存在问题，我曾科学的研究了一会儿仙人在四川一省迷信的来源，证明一个仙人也不会存在，如今或者就是受这些朋友的作弄也不可知。我不知为什么，又感觉到我再也不会错误了。我觉得既然是这种作弄，三天五天也未可知，我着急还是毫无用处，到了时候，他们会来为我开门，或用另外一种离奇的方法放我回去。我那时稍稍有点不快乐的，就是以为他们同我开玩笑也不要紧，可不要因此担搁了医院那方面病人的事情。我担心作弄我的只顾及作弄我，却忘了为我向医院告假，使别人着急很不成事。

“到后我似梦非梦，见到我身边有一个人，拿了一个小灯烛照各处，并且照我的脸。我吓了一跳，便一跃而起，才明白并不是梦。我还是被困留到这个峒里。峒里多了一个人，也不知道他打哪儿来的。他似乎来了很有了些时间，他看到我转身了，才拿了灯过来照看。从那种从容不迫的情形上看来，我就明白他是这里的主人了。他站在我面前，先是把脸躲在灯光后面，我看不清楚这人是什么像貌，到后却忽然明白了。我象忽然发了狂，忘了顾忌，大声的向他说:‘是的,是的,你这个人干吗关我到这儿受罪?我不答应你!’这就是装作傻瓜拉我来的那个男子,不同处,不过先前十分匆促,如今十分镇静罢了,他望到我不做声,还是先前望我那种神气。我从那个人的眼睛里,即刻看出了一点秘密,这是一个不折不扣的疯子,可不是一个喽啰!山寨上的伙计,我还可以同他讲讲道理,讨论一下赎身的价钱,用一些好话启导他,用一些软话哀求他。如今站在我面前的却是一个不管人事的疯子,上帝他也不怕,魔鬼也吓不了他,这一来,我可难于自处了。他把我找来,说不定就是在那古怪的头脑里,有了一种什么离奇新鲜的计划,我这时不得不打量到在某一种古怪人的脑里古怪的传说,我会不会为这个人煮吃?会不会为这个人杀死?若果免不了这灾难,真是一件冤屈的案子!我借着那灯光察看了一下峒中的情景,还是不明白这个怪人从什么地方忽然而来。借重灯光我看到去我坐处稍远一点,还有一个东西,不知是衣包还是一束被盖,那个怪人见我已经注意到那一边了,忽然一只手象一个铁抓子,扣定了我的膀子,‘你看去,你看去,’那声音并不十分凶狠,可是有极大的魔力,我不能自主的站了起来,随同他走过去,才明白那是一个睡着的病人。我懂到他的意思了,心里很好笑我自己先前所作的估计,我错认了人,先还以为他是疯子,现在可明白了。

“待到我蹲身到那病人身边时,我才看清楚这是一个女人,身体似乎很长,乌青的头发,蜡白的脸,静静的躺在那里不动,正象故事上说的为妖物所迷的什么公主。当我的手触着了那女人的额部时,象中了电一样,即刻就站起来了。因为这是一个死得冰冷的人,不知已经僵了多久,医生早已用不着,用得着的只是扛棺木的人了。那怪人见我忽然站起身了,似乎还并不怎么奇异。我有点生气了,因为人即或再蠢,也不会不知道这件事,把一个死得冰冷的人勒逼到医生,这不是一个天大玩笑吗?我略显出一点愤慨的神气,带嚷带骂的说:

"'不行,不行,这人已经无办法了。你应该早一点,如今可太迟了!'

"'怎么啦?'他说,奇怪的是他还很从容。'她不行吗?你不说过可以用水喷吗?'

"我心里想这傻瓜,人的死活还没有知道,真是同我开玩笑!我说:'她死了,你不知道吗?一个死人可以用水喷活,那是神仙的事!我只是个医生,可并不是什么神仙!'

"他十分冷静的说:'我知道她是死了的。'

"我觉得更生气了,因为他那种态度使我觉得今天是受了一个傻东西的骗,真是三十年倒绷孩儿,料想不到,心上非常不快乐。我说:'你知道她死了,你就应当请扛棺木的来送葬,请道师和尚来念经,为什么把个医生带来?我有什么办法!'

"'你为我救救她!'

"'她死了!'

“‘因为她死才要你救她！’

“‘不行，不行，我要走了。让我回去吧，我那边还有好些病人等着。我不能再同你这样胡缠。你关了我太久，耽搁我多少时间，原来只是要我做这件傻事。我是一个大夫，可不是一个耶稣。你应当放我出去，我不能同死人作伴，也不欢喜同你住在一处！’

“我说了很多的话，软话硬话通不顶事。到后来我又原谅了这个人了，我想起这人不理会我的要求的理由了。年纪青青的忽然死了同伴，这悲哀自然可打倒他，使他失去平常的理知。我若同这种人发牢骚，还是没有什么益处。他这时只知道医生可以帮他的忙，他一定认得我，才把我找来，我若把话说过分了，绝望了，他当真发了狂，在这峒中扼杀我也做得出。我要离开这个地方，自然还得变更一点策略，才有希望。为了使他安慰起见，我第二次又蹲到那个死尸边旁去，扣着那冰冷的手，就着摇摇不定的一点灯光，检察那死者的脸部同其他各部。我有点奇怪我的眼睛了，因为过细瞧那死人时，我发现这人是个为我从没有看到过的长得体面整齐的美女人，女人的脸同身四肢都不象一个农庄人家的媳妇。还有使我着骇的，是那一身衣服，式样十分古怪，在衣服上留下有许多黄土，有许多黄土。我抬头望望那个怪人，最先还是望到那一对有点失神却具有神秘性的眼睛。

“‘我不明白你，这是怎么一回事，你打哪儿背她来的？’

“‘……’

“‘我要明白她从什么地方来的。’

“‘我从坟里背她来的。’

“‘怎么？从什么地方！’

“‘从坟里！’

“‘她死了多久你知道吗？……你知道她死了又挖出来吗？……’

“他惨惨的笑着，点点头，那个灯象是要坠到我头上的样子，我糊涂而且惊讶，又十分愤怒，‘你这人，真奇怪！你从什么地方带来还是带到什么地方好了！你做了犯罪的事还把我来拉在一起，我要告发你，使你明白这些玩笑开得过分了一点！……’不知为什么我想这样说却说不出口，那个固定不移的眼睛，同我相隔不到一丈远近，很有力量的压服了我。我心上忽然恐惧起来了。

“这个疯子，他从坟墓里挖了个死尸，带到这峒中来，要我为他起死回生，若是我办不好这件差事，我一定就会死在他手中。我估计了一下，想乘他不注意时节把他打倒，才可以希望从死里逃生。可是他象很懂得我的主意，他象很有把握，知道我不能同他对抗。我的确也注意到他那体魄了。我若是想打什么主意，一定还得考虑一下，若是依靠武力，恐怕我得吃亏，还不如服从命运为妥当。我忽然聪明了许多，明白我已经是这个人的俘虏，强硬也毫无用处了。就装成很镇静，说话极其和平，我说：‘我真糊涂，不知怎么帮忙。你这是怎么啦？你是不是想要我帮助你，才把我带来？你是不是因为要救活她，才用得着我？你是不是把她刚才从土里刨出？'他没有做声，我想了一下，就又说：'朋友，我们应当救她，我懂你意思。我们慢慢的来，我们似乎还得预备一点应用的东西。这是不是你的家里？我要喝一口儿水，有热的可妙极了，你瞧我不是有多久不喝水，应当口渴了吗？'他于是拿灯过去，为我取了一个葫芦来，满葫芦清水，我不知道那水是否清洁，可是也只得喝了一口。喝过了水觉得口甜甜的，才放了心。

"我想套套他的口气，问他我们是不是已经离了市镇有十里路。他不高兴做声。我过一会儿，又变更了一个方法，问他是不是到镇上去办晚饭。他仍然不做声。末后我说我要小便，他不理会我，望到另外一个地方，我悄悄的也顺了他的目光望过去，才看出这峒是长狭的，在另外一端，在与仓库恰相反对的一个角落，有一扇门的样子，我心里清楚，那一定就是峒门，我只装着不甚注意，免得他疑心。我说我实在饿了，一共说了两三次，这怪人，把灯放下，对我做了个警告的一瞥，向那个门边走去。只听到訇的一响，且听到一种落锁的声音，这人很快的就不见了。我赶忙跟过去，才知道是一扇极粗糙的木栅门，已经向外边反杠了。从那栅门边隐隐看到天光，且听到极微极远的犬吠声音，我知道这时已经是夜间了。这人一去，不知道是为我去找饭吃，还是去找刀来杀我灭口。他在这里我虽然有点惧怯，但到底还有办法，如今这峒里只是我同这个死尸,我不知道我应当怎么办。若果他一去不再回来,过一天两天,这个尸骸因为天气发酵起了变化,那我可非死不可了。这怪人既然走了,我想乘到有一盏灯,可以好好的来检察一下这个尸身,是不是从尸身上可以发现一点线索。

"我把灯照到这个从棺木里掏出的尸骸,细细的注意,除了这个仿佛蜡人的尸骸美丽得使我吃惊以外,我是什么也没有得到的。我先是不明白这人的装饰如何那么古怪,到现在可明白了,因为殉葬才穿这样衣裳。幸亏我是一个医生,年纪已经有了那么大,我的冷静使我忘却同一个死尸对面有什么难受。这女人一定死了有两天左右了,很稀奇的是这个死人,由我看来却看不出因什么病而死,那神气安静眉目和平仿佛只是好好儿睡着的样子,若不是肢体冰冷,真不能疑心那是一个死人。这个人为什么病死得那么突兀?把她从土里取出的一个是不是她的丈夫?这些事在我成为一种无从解决的问题。假若他是她的丈夫,那么他们是住在什么地方,做些什么的人物?假若这妇人只是他的情人,那么她是谁家的媳妇?许多问题都兜在我的心上不能放下。

"我实在有一点儿饿了。这怪男子把我关闭到这幽僻的山峒里,为这个不相识的死尸作伴,还不知道他什么时候才能回来。我同时担心这一盏灯过夜或者油还不够,所以拿了灯到仓库去,照看了一下,是不是还有油瓶,才知道仓库里东西足够我半个月的粮食,油坛,水缸,全好好的预备在那儿。我随手拿了几个山薯充饥,到后把灯放在尸身边,还是坐到我自己那一张草席上,等候事情的变化。我的表已早停了,不知道时间过了多久,等了又等,还是不见那个人来。

“我这样说下去,是还得说一整天,要把那一夜的事情说完,如今也还得说一夜。为了节省一些时间,且说第三次我见到这怪男子,他命令我在那个妇人身上做一个医生所能做的事。我先是不知道向一个疯子同一个尸骸还有什么事可做的,到后倒想起皮包里一点儿防腐性药品了,我便把这些药全为注射到死尸身上去,一面安慰他表示我已尽了力,一面免得那尸身发生变化。告他我所能做的事已经完全做过,别的事再无从奉命了,他望到我似乎还很相信。可是当我说出‘你放我回去’的话时,我把话一说出口,就知道我说错了,因为我从那两个眼睛里,陡然看到了一些东西,他同时同我说了一句话,使我全身发抖。他说:‘要七天才好出去。’这个期限当然是我受不了的,这是全无道理的言语。可是我是一个医生,而他却是一个疯子,他就有他的正当道理了。我当时还以为可用口去解释,就同他分辩了一阵,我说这是做不到的,因为有许多人等着我。我说你放我出去了,我不会向人谈论。我说……这分辩就等于向石头讨论,他不禁止我的说话,听来却只微微的笑着。他的主张就是石头,不可移动,他的手腕又象铁打就的,我绝对不能和他用武力来解决。在毫无办法的情形中,我就想只有等候这个人睡眠时候偷了他的钥匙才好逃走。为我的自卫计,打死一个疯子本来没有什么罪过,我若有机会征服这个人,事到危急是用不着再选择什么手段的。但是在这个怪人面前,我什么小机会也得不到。我逃走吗,他永远不知道疲倦,永远不闭闭眼睛。加灯上的油,给我的东西吃,到了夜里引导我到栅门外去方便,他永远是满有精神。他独自出去时,从不忘记锁门,在峒里时,却守在尸身边,望到尸身目不转睛,又常常微笑,用手向尸身作一种为我所不懂的稀奇姿势。若是我们相信催眠术或道术,我以为他一定可以使这个死尸复活的。

“他不睡觉,这事就难处置了。我皮包里的安眠药片恰恰又用尽了,想使什么方法迷醉他也无办法。他平常样子并不凶横,到了我蓄意逃走时,只稍稍一举步,他就变了另外一个魔鬼了。他明白我要走,即或是钥匙好好的放在他身边,他也不许我走近栅门的。到后我不知是吓怕得糊涂了,还是为峒中的环境头昏了,把逃走的气概完全失去,忽然安静下来,就把生命听凭天意,也不再想逃走了。

“就是那么过了一天,两天,三天……吃的就是那仓库中的各样东西,口渴了就喝清水,倦了就睡。

“当我默默的坐在一个角隅不做声时,我听到他自言自语,总是老说那一句话:‘她会活的。她会活的。’我一切都失望了,人已无聊极了,听到他这样说时,也就糊糊涂涂的答应他说:‘她会活的。她会活的。’

“我得到一个稀奇的经验，是知道人家说的坟墓里岁月如何过去的意思了。我的经验给我一种最好的智慧，因为这是谁也想象不及的。第一天一点钟就好象一年，第二、三天便不同了，我不放心的，似乎还不是峒里的自身，却是市上的熟人。我忽然失了踪，长久不见回来，你们不是十分难过吗？你们不是花了许多钱各处去探听，还花了许多钱派人到江边下游去打捞吗？你们一定要这样关心的。可是料不到我就只陪伴一个疯子、一个死人，在山峒里过了那么多日子，过了那么久连太阳也不见到的日子！

“既毫无机会可以逃出，我有点担心那个死人。天气已经不行了，身上虽注射了一点儿药，万一内脏发了肿，组织起了变化，我们将怎么来处置这件事情？这疯子若见到死人变了样子，他那荒唐的梦不能继续再做时，是不是会疑心到我的头上来？

“我记得为这点顾虑，我曾同疯子说了许多空话。我用各样方法从各方面去说，希望他明白一点。我的口在这个沉默寡言的疯子面前，可以说是完全无用了。我把话说尽了，他还只是笑。他还知道计算日子，他不忘记这个，同时也不忘记‘七天’那种意义。大约这怪人从什么地方，记起了人死七天复生的话，他把死尸从土里翻取出来，就是在试验那七天复活的话可靠不可靠。他也许可我七天再出峒去，一定就是因为那时女人已经再活回来，才用不着我这个医生。若是七天并没有活回的希望，恐怕罪名都将归在我的账上，不但不许我走，还得我为他背尸去掩埋，也未可知。总之，下一刻什么古怪事都随时会发生的,我只能等待,别无作为。

“他也可以疑心是我不许这女人复活。在他混乱的头脑里,他就有权利随意凑合一种观念,倘若这观念是不利于我的,我要打过这难关真是不很容易。

“他是一个疯子,可疯得特别古怪。他恰恰选到这一天等在那里,我恰恰在那天想到乡下去,我们恰恰碰到一处了,于是这事就恰恰落在我的头上。一切的凑巧,使我疑心自己还是象梦里的人物。不过做梦不应当那么长久,我计算日子,用那胡乱对上时间的表,细数它的分秒,已经是第四天了。

“还有第五天,我听到从那个怪人的口里,反复的说是‘只有两天’的一句话时,欢喜的心同忧惧的心合混搅扰在一处,这人只记到再过两天,女人就会复活的,我却担心到两天后我的境遇。他答应我的话很靠不住,一定可以临时改变。向一个疯人讨那人世也难讲究的‘信实’,原是十分不可靠的。我不能向他索取一句空话,同时也就无从向他索取一句有信用的话。这人一切的行为,都不是我可以思索理解得到的,用尽了方法试作各种计划,我还是得陪了他,听他同女人谈那些我理解不及的费话,度着这山峒中黯淡的日子。

“让我很快的说第六天的事罢。这一天我看到那疯子的眼睛放光,我可着急起来了。他一个人走出去折了许多山花拿到峒里来,自己很细心的在那里把花分开放到死尸身边各处去。他那种高兴神气，在我看来结果却是于我十分不利，因为除了到时女人当真复活外，我绝对没有好处。

“我不得不旧事重提，问他什么时候让我出去。本来我平常为人也就够谦卑了，我用着十分恭顺的态度，向他说：

“‘同年，我可以去了吗？你现在已经用不着我了。’

“他好象不懂这句话的意义，过了一会儿，我又说：

“‘我想回去了，不要到这里打你的岔。’

“‘……’

“‘我贺喜你，很愿意预备一点礼物送你，你明白吗？我想随意为你办一两样礼物，回去就可以买来。’

“‘……’

“‘你让我出去一会儿，看看太阳，吹吹风，好不好？我非常欢喜太阳，你说太阳不可爱吗？’

“‘……’

“‘我们如今真好象弟兄了，我们应当喝一点酒，庆祝这好事好日子。你不欢喜喝一杯那种辣辣的甜甜的烧酒吗？我实在想得那么一小杯酒。我觉得酒是好的。’

“‘……’

“‘你到什么地方折得那么多花？这花真美，不是桃花吗？几天来就开了，我也想去摘一点儿。你不是会爬树吗？我看你那样子一定很有点本领，因为你……我们到外边去取一个鸟窠来玩玩，

你说好不好?'

"'……'

"'你会不会打鸟?你见过洋枪不见过?若欢喜这东西,我可以送你一枝。到我们那里取来试试,你一定非常满意。那种枪到茨棚里打野鸡、雪地里打斑鸠,全很合用。'

"'……'

"'我们吃的山薯真好,你打哪儿弄来的?你庄上有这个,是不是?你吃鸡蛋不用火烧,本事很好。这鸡蛋是自己家养的鸡下的,因为很新鲜,我看得出。'

"'……'

"'你看不看戏?我好象在戏场上见到你。'

"'……'

"我把枚乘《七发》的本领完全使用到这个'王子'方面,甜言蜜语的问他这样又问他那样,他竟毫不动心。他虽似乎听我的话,可是我明白这话说来还是费话。但我除了用空话来自救外,无其他方法可以脱去这危险地方,故到后我把方向再转变了一下,同他又来说关于起死回生的故事。我想这些齐东野语一定可以抓着他的想象。我为他说汉武故事,说王母成仙,东方朔偷桃挨打的种种情形,说唐明皇游月宫的情形,说西施浣纱的情形,说桃花源,说马玉龙和十三妹,皇帝、美人、剑仙、侠客,我但凭我所知道的,加上自己的胡诌,全说给这个人听。说去说来我已计穷了,他还是笑笑,不质问我一句话，不赞美，不惑疑，就只用一个微笑来报答我的工作。我相信，若果我是正在向一个青年女人求爱，我说话的和气、态度的诚恳，以及我种种要好的表示，女人即或最贞洁也不好意思再拒绝我的。可是遇到这个怪人，我就再说一年，也仍然完全失败了。

“让事情凑巧一点罢，因为一切都原是很凑巧的。我虽然遭了失败，可并不完全绝望。见到他虽不注意我的话，却并不就不高兴我说话，我只有一天的日子了，我断定明天若是女人没有复活，我就得有些不可免的灾难，若不乘到今天想出法子自救，到时恐赶不及了。我的生路虽不是用言语可得来，我的机会还是得靠到一点迎合投机的话。我认清了这是一个重要问题，坐在席上打算了老半天，到后又开了口。我明白先说那个方向不很对，还得找新的道儿，就说……

“这可中了。他笑得比先前放肆了一点，他有点惊愕，有点对于我知识渊博的稀奇。他虽仍然不让步，当我重新提出意见，以为放我出去可好一点的时候，在摇头中我看出点头的意思。那时还是白天，我请求他许可我到栅门外去望望，他不答应可否，我看到有了让步，就拖了他的手走到栅边去，他到后便为我开了门。

“我看到太阳了！看到太阳光下的一切山，尖尖的山峰各处矗起来，如象画上的东西，到后我看到我的脚下，可差一点儿晕了。原来我们的山峒，前面的路是那么陡险，差不多一刀切下的石壁，真是梦境的景致！我一面敷衍到他，望到他的颜色，一面只能把那条下去的路径稍稍注意一下，即刻就被他一拖，随后那扇厚重的栅门訇的一关，我仍然回到地狱魔窟里了。

“到了晚上，我们各吃了一点山薯、一些栗子，我估计是我最好的机会来了，我重新把我日里说的那件事，提出来作为题目，向他说着，我并且告他，他应当让我避开一会儿。我见到他向我微笑，误会了他的意思，以为有了转机了，说话得更动人了一点。我形容从那些古怪的路到天堂去的人如何多，我在作撒旦的传教人，心里有点糊涂，不知应当说什么话才是我的活路，口上却离不了要他去试验的谵言。

“我以为这样就可以脱身，谁知我把事情完全弄错了，我这手臂这一只受伤的手臂，即刻就为他扭着，到后头上似乎受了重重的一击，醒回来时，我仿佛做梦，不知为什么却睡在稻草囤上。我是被夜风冷醒的，醒回来时还是非常迷乱，我看到天上的星子，仿佛全要掉下的样子，天角上流星曳着长长的苍白的线儿，远远的又听到狗叫，听到滩声。时间似乎去天亮已经不远了，因为我听到鸡声。我心想，这是我的幻觉，还是我已经仍然活到这世界上来了？

“到后我被一个乡下人发现了，因为我告他是市上医院的人，在他家里休息了一天，那时我已衰弱得躺到那草囤上一整日夜了。问这个人：我才知道我已离开市上有了五十里。

“你们要知道我今天刚一会儿打那里来，是不是？你们瞧我的脸嘴，我刚从市外一个理发馆里出来，我不是有十天不刮过脸了吗？我恐怕进城来吓了别人，所以才到那里坐坐，还欠了账跑来的，这师傅并不认识我，只告他是街上的先生，他也放得下心，可见得我们这地风气不坏，人心那么朴实。”

第二天，一个 R 市都知道了医生的事情，都说医生见了鬼。

一九三一年四月廿四日完成，上海

八 骏 图

《八骏图》题记

近一年来我的事务杂一点，生活琐碎麻烦一点，有时自己嘲笑自己，称为“好管闲事的人”。另外一时书评家给我那个“多产作家”的头衔，就不得不暂时让给几个朋友顶替了。这一来，说不上是社会的损失，对于我个人实在近于生命的浪费。正因为每个人有一个人的工作，我似乎不应当让一些费力不讨好的事务占去大部分时间，一面还俨然是逃避了那种世俗的嘲笑，搁下了我这枝笔。活在中国作一个人并不容易，尤其是活在读书人圈儿里。大多数人都十分懒惰、拘谨、小气，又全都是营养不足，睡眠不足，生殖力不足。这种人数目既多，自然而然会产生一个观念，就是不大追问一件事情的是非好坏，“自己不作算聪明，别人作来却嘲笑”的观念。这种观念普遍存在，适用到一切人事上，同时还适用到文学上。这观念反映社会与民族的堕落。憎恶这种近于被阉割过的寺宦观念,应当是每个有血性的青年人的感觉。目前的我仿佛把自己的工作已搁下了,我希望自明年起始,就能从自己工作上重新见出一份力量。这个集子的编印,说明我这一年来并没有完全放下我的原有工作,也没有完全消失那个力量。

一九三五年十二月十日作

八骏图

“先生，您第一次来青岛看海吗？”

“先生，您要到海边去玩，从草坪走去，穿过那片树林子，就是海。”

“先生，您想远远的看海，瞧，草坪西边，走过那个树林子——那是加拿大杨树，那是银杏树，从那个银杏树夹道上山，山头可以看海。”

“先生，他们说，青岛海同一切海都不同，比中国各地方海美丽。比北戴河呢，强过一百倍。您不到过北戴河吗？那里海水是清的、浑的？”

“先生，今天七月五号，还有五天学校才上课。上了课，您们就忙了，应当先看看海。”

青岛住宅区××山上，一座白色小楼房，楼下一个光线充足的房间里，到地不过五十分钟的达士先生，正靠近窗前眺望窗外的景致。看房子的听差，一面为来客收拾房子，整理被褥，一面就同来客攀谈。这种谈话很显然的是这个听差希望客人对他得到一个好印象的。第一回开口,见达士先生笑笑不理会。顺眼一看,瞅着房中那口小皮箱上面贴的那个黄色大轮船商标,觉悟达士先生是出过洋的人物了,因此就换口气,要来客注意青岛的海。达士先生还是笑笑的不说什么,那听差于是解嘲似的说,青岛的海与其他地方的海如何不同,它很神秘,很不易懂。

分内事情作完后,这听差搓着两只手,站在房门边说:"先生,您叫我,您就按那个铃。我名王大福,他们都叫我老王。先生,我的话您懂不懂?"

达士先生直到这个时候方开口说话:"谢谢你,老王。你说话我全听得懂。"

"先生,我看过一本书,学校朱先生写的,名叫《投海》,有意思。"这听差老王那么很得意的说着,笑眯眯的走了。天知道,这是一本什么书。

听差出门后,达士先生便坐在窗前书桌边,开始给他那个远在两千里外的美丽未婚妻写信。

瑗瑗:我到青岛了。来到了这里,一切真同家中一样。请放心,这里吃的住的全预备好好的!这里有个照料房子的听差,样子还不十分讨人厌,很欢喜说话,且欢喜在说话时使用一些新名词,一些与他生活不大相称的新名词。这听差真可以说是个"准知识阶级",他刚刚离开我的房间,在房间帮我料理行李时，就为青岛的海，说了许多好话。照我的猜想，这个人也许从前是个海滨旅馆的茶房。他那派头很象一个大旅馆的茶房。他一定知道许多故事，记着许多故事。（真是我需要的一只母牛！）我想当他作一册活字典，在这里两个月把他翻个透熟。

我窗口正望着海，那东西，真有点迷惑人！可是你放心，我不会跳到海里去的。假若到这里久一点，认识了它，了解了它，我可不敢说了。不过我若一不小心失足掉到海里去了，我一定还将努力向岸边泅来，因为那时我心想起你，我不会让海把我攫住，却尽你一个人孤孤单单。

达士先生打量捕捉一点窗外景物到信纸上，寄给远地那个人看看，停住了笔，抬起头来时窗外野景便朗然入目。草坪树林与远海，衬托得如一幅动人的画。达士先生于是又继续写道：

我房子的小窗口正对着一片草坪，那是经过一种精密的设计，用人工料理得如一块美丽毯子的草坪，上面点缀了一些不知名的黄色花草，远远望去，那些花简直是绣在上面。我想起家中客厅里你作的那个小垫子。草坪尽头有个白杨林，据听差说那是加拿大种白杨林。林尽头便是一片大海，颜色仿佛时时刻刻都在那里变化：先前看看是条深蓝色缎带，这个时节却正如一块银子。

达士先生还想引用两句诗,说明这远海与天地的光色。一抬头,便见着草坪里有个黄色点子,恰恰镶嵌在全草坪最需要一点黄色的地方。那是一个穿着浅黄颜色袍子女人的身影。那女人正预备通过草坪向海边走去,随即消失在白杨树林里不见了。人俨然走入海里去了。

没有一句诗能说明阳光下那种一刹而逝的微妙感印。

达士先生于是把寄给未婚妻的第一个信,用下面几句话作了结束:

学校离我住处不算远,估计只有一里路,上课时,还得上一个小小山头,通过一个长长的槐树夹道。山路上正开着野花,颜色黄澄澄的如金子。我欢喜那种不知名的黄花。

达士先生下火车时上午×点二十分。到地把住处安排好了,写完信,就过学校教务处去接洽,同教务长商量暑期学校十二个钟头讲演的分配方法。事很简便的办完了,就独自一人跑到海滨一个小餐馆吃了一顿很好的午饭。回到住处时,已是下午×点了。便又起始给那个未婚妻写信,报告半天中经过的事情。

瑗瑗:我已经过教务处把我那十二个讲演时间排定了。所有时间皆在上午十点前。有八个讲演,讨论的问题,全是我在北京学校教过的那些东西,我不用预备就可以把它讲得很好。另外我还担任四点钟现代中国文学,两点钟讨论几个现代中国小说家所代表的倾向。你想象得出,这些问题我上堂同他们讨论时,一定能够引起他们的兴味。今天五号,过五天方能够开学。

我应当照我们约好的办法,白天除了上堂上图书馆,或到海边去散步以外,就来把所见所闻一一告给你。我要努力这样作。我一定使你每天可以接到我一封信,这信上有个我,与我在此所见社会的种种,小米大的事也不会瞒你。

我现在住处是一座外表很可观的楼房。这原是学校特别为几个远地聘来的教授布置的。住在这个房子里一共有八个人,其余七个人我皆不相熟。这里住的有物理学家教授甲、生物学家教授乙、道德哲学家教授丙、汉史专家教授丁,以及六朝文学史专家教授戊等等。这些名流我还不曾见面,过几天我会把他们的神气一一告诉你。

我预备明天到校长家去,我明天将到他那儿吃午饭。我猜想得到,这人一见我就会说:“怎么样?还可……?应当邀你那个来海边看看!我要你来这里不是害相思病,原就只是让你休息休息,看看海。一个人看海,也许会跌到海里去给大鱼咬掉的!”瑗瑗,你说,我应如何回答这个人。

下车时我在车站外边站了一会儿,无意中就见到一种贴在阅报牌上面的报纸。那报纸登载着关于我们的消息。说我们两人快要到青岛来结婚。还有许多事是我们自己不知道的,也居然一行一行的上了版,印出给大家看了。那个作编辑的转述关于我的流行传说时,居然还附加着一个动人的标题,“欢迎周达士先生”。我真害怕这种欢迎。我担心一会儿就会有人来找我。我应当有个什么方法,同一切麻烦离远些,方有时间给你写信。你试想想看,假若我这时正坐在桌边写信,一个不速之客居然进了我的屋子里,猝然发问:“达士先生,你又在写什么恋爱小说!你一共写了多少?是不是每个故事都是真的?都有意义?”这询问真使人受窘!我自然没有什么可回答。然而一到第二天,他们仍然会写出许多我料想不到的事情!他们会说:达士先生亲口对记者说的。事实呢,他也许就从没见过我。

达士先生离开××时,与他的未婚妻瑗瑗说定,每天写一个信回××。但初到青岛第一天,他就写了三个信。第三个信写成,预备叫听差老王丢进学校邮筒里去时,天已经快夜了。

达士先生在住处窗边享受来到青岛以后第一个黄昏。一面眺望窗外的草坪——那草坪正被海上夕照烘成一片浅紫色。那种古怪色泽引起他一点回忆。

想起另外某一时，仿佛也有那么一片紫色在眼底炫耀。那是几张紫色的信笺，不会记错。

他打开箱子，从衣箱底取出一个厚厚的杂记本子，就窗前余光向那个书本寻觅一件东西。这上面保留了这个人一部分过去的生命。翻了一阵，果然的，一个“七月五日”标题的记事被他找出来了。

七月五日

一切都近于多余。因为我走到任何一处皆将为回忆所围困。新的有什么可以把我从泥淖里拉出？这世界没有“新”，连烦恼也是很旧了的东西。

读完这个，有一点茫然自失。大致身体为长途折磨疲倦了，需要一会儿休息。

可是达士先生一颗心却正准备到一个旧的环境里散散步。他重新去念着那个二年前七月五日寄给南京的×的一个信稿。那个原信是用暗紫色纸张写的，那个信发出时，也正是那么一个悦人眼目的黄昏。

然而人类事情常常有其相左的地方，上帝同意的人不同意，人同意的命运又不同意。×终于怀着一点儿悲痛，嫁给一个会计师了。×作了另外一个人的太太后，知道达士先生尚在无望无助中遣送岁月，便来信问达士先生，是不是要她作点什么事。为他效点劳。达士先生便写了个信，意在告给×，莫用过去那点幻想折磨她自己。

×，你信我已见到了，一切我都懂。一切不是人力所能安排的，我们才莫过分去勉强。我希望我们皆多有一分理知，能够解去爱与憎的缠缚。

听说你是很柔顺贞静作了一个人的太太，这消息使熟人极快乐。……死去了的人，死去了的日子，死去了的事，假若还能折磨人，都不应当留在人心上来受折磨；所以不是一个善忘的人企想"幸福"，最先应当学习的就是善忘。我近来正在一种逃遁中生活，希望从一切记忆围困中逃遁。与其尽回忆把自己弄得十分软弱，还不如保留一个未来的希望较好。

谢谢您在来信上提到那些故事，恰恰正是我讨厌一切写下的故事的时节。一个人应当去生活，不应当尽去想象生活！若故事真如您称赞的那么好，也不过只证明这个拿笔的人，很愿意去一切生活里生活，因为无用无能，方转而来虐待那一只手罢了。

您可以写小说，因为很明显的事，您是个能够把文章写得比许多人还好的女子。若没有这点自信力，就应当听一个朋友忠厚老实的意见。家庭生活一切过得极有条理，拿笔本不是必需的事。为你自己设想可不必拿笔，为了读者，你不能不拿笔了。中国还需要这种人,忘了自己的得失成败,来做一点事情。

我不久或过××来,我想看看那“我极爱她她可毫不理我”的女孩子。三年来我一切完了。我看看她,若一切还依然那么沉闷,预备回乡下去过日子,再不想麻烦人了。我应当保持一种沉默,到乡下生活十年,把最重要的一段日子费去。

再过两年我会不会那么活着?

一切人事皆在时间下不断的发生变化。第一,这个×去年病死了。第二,那个女孩子如今已成达士先生的未婚妻。第三,达士先生现在已不大看得懂那点日记与那个旧信上面所有的情绪。

他心想:人这种东西够古怪了,谁能相信过去,谁能知道未来?旧的,我们忘掉它。一定的,有人把一切旧的皆已忘掉了,却剩下某时某地一个人微笑的影子还不能够忘去。新的,我们以为是对的,我们想保有它,但谁能在这个人间保有什么?

在时间对照下,达士先生有点茫然自失的样子。先是在窗边痴着,到后来笑了。目前各事仿佛已安排对了。一个人应知足,应安分。天慢慢的黑下来,一切那么静。

瑗瑗:

暑期学校按期开了学。在校长欢迎宴席上,他似庄似谐把远道来此讲学的称为“千里马”；一则是人人皆赫赫大名，二则是不怕路远。假若我们全是千里马，我们现在住处，便应当称为“马房”了！

我意思同校长稍稍不同。我以为几个人所住的房子，应当称为“天然疗养院”才能名实相副。你信不信，这里的人从医学观点看来，皆好象有一点病。(在这里我真有个医生资格！)我不是说过我应当极为逃避那些麻烦我的人吗？可是，结果相反，三天以来同住的七个人，有六个人已同我很熟习了。我有时与他们中一个两个出去散步，有时他们又到我屋子里来谈天，在短短时期中我们便发生了很好的友谊。教授丁、丙、乙、戊，尤其同我要好。便因为这种友谊，我诊断他们都是病人。我说的一点不错，这不是笑话。这些教授中至少有两个人还有点儿疯狂，便是教授乙同教授丙。

我很觉得高兴，到这里认识了这些人，从这些专家方面，学了许多应学的东西。这些专家年龄有的已经五十四岁，有的还只三十左右。正仿佛他们一生所有的只是专门知识，这些知识有的同“历史”或“公式”不能分开，因此为人显得很庄严、很老成。但这就同人性有点冲突，有点不大自然。一个不到三十岁的小说作家，年龄同事业，从这些专家看来，大约应当属于“浪漫派”。正因为他们是“古典派”，所以对我这个“浪漫派”发生了兴味，发生了友谊。我相信我同他们的谈话，一面在检察他们的健康，一面也就解除了他们的“意结”。这些专家有的儿女已到大学三年级，早在学校里给同学写情书谈恋爱了，然而本人的心，真还是天真烂漫。这些人虽富于学识，却不曾享受过什么人生。便是一种心灵上的欲望，也被抑制着、堵塞着。我从这儿得到一点珍贵知识，原来十多年大家叫喊着“恋爱自由”这个名词，这些过渡人物所受的刺激，以及在这种刺激之下，藏了多少悲剧，这悲剧又如何普遍存在。

瑗瑗，你以为我说的太过分了是不是。我将把这些可尊敬的朋友神气，一个一个慢慢的写出来给你看。

达士

教授甲把达士先生请到他房里去喝茶谈天，房中布置在达士先生脑中留下那么一些印象：

房中小桌上放了张全家福的照片，六个胖孩子围绕了夫妇两人。太太似乎很肥胖。

白麻布蚊帐里有个白布枕头，上面绣着一点蓝花。枕旁放了一个旧式扣花抱兜。一部《疑雨集》，一部《五百家香艳诗》。大白麻布蚊帐里挂一幅半裸体的香烟广告美女画。

窗台上放了个红色保肾丸小瓶子、一个鱼肝油瓶子、一贴头痛膏。

教授乙同达士先生到海边去散步。一队穿着新式浴衣的青年女子迎面而来,擦身走过。教授乙回身看了一下几个女子的后身,便开口说:

“真稀奇,这些女子,好象天生就什么事都不必做,就只那么玩下去,你说是不是?”

“……”

“上海女子全象不怕冷。”

“……”

“宝隆医院的看护,十六元一月,新新公司的卖货员,四十块钱一月。假若她们并不存心抱独身主义,在货台边相攸的机会,你觉不觉得比病房中机会要多一些?”

“……”

“我不了解刘半农的意思,女子文理学院的学生全笑他。”

走到沙滩尽头时,两人便越马路到了跑马场。场中正有人调马。达士先生想同教授乙穿过跑马场,由公园到山上去。教授乙发表他的意见,认为那条路太远,海滩边潮水尽退,倒不如湿沙上走走有意思些。于是两人仍回到海滩边。

达士先生说:

“你怎不同夫人一块来?家里在河南,在北京?”

“……”

“小孩子读书实在也麻烦,三个都在南开吗?”

"……"

"家乡无土匪倒好。从不回家,其实把太太接出来也不怎么费事;怎么不接出来?"

"……"

"那也很好,一个人过独身生活,实在可以说是洒脱、方便。但是,有时候不寂寞吗?"

"……"

"你觉得上海比北京好?奇怪。一个二十来岁的人,若想胡闹,应当称赞上海。若想念书,除了北京往那里走。你觉得上海可以——"

那一队青年女子,恰好又从浴场南端走回来。其中一个穿着件红色浴衣,身材丰满高长,风度异常动人。赤着两只脚,经过处,湿沙上便留下一列美丽的脚印。教授乙低下头去,从女人一个脚印上拾起一枚闪放珍珠光泽的小小蚌螺壳,用手指轻轻的很情欲的拂拭着壳上粘附的沙子。

"达士先生,你瞧,海边这个东西真美丽。"

达士先生不说什么,只是微笑着,把头掉向海天一方,眺望着天际白帆与烟雾。

道德哲学教授丙,从住处附近山中散步回到宿舍,差役老王在门前交给他一个红喜帖,"先生,有酒喝!"教授丙看看喜帖是上海

×先生寄来的，过达士先生房中谈闲天时，就说起×先生。

“达士先生，您写小说我有个故事给您写。民国十二年，我在杭州××大学教书，与×先生同事。这个人您一定闻名已久。这是个从五四运动以来有戏剧性过了好一阵热闹日子的人物！这×先生当时住在西湖边上，租了两间小房子，与一个姓□的爱人同住。各自占据一个房间，各自有一铺床。两人日里共同吃饭，共同散步，共同作事读书，只是晚上不共同睡觉。据说这个叫作‘精神恋爱’。×先生为了阐发这种精神恋爱的好处，同时还著了一本书，解释它，提倡它。性行为在社会引起纠纷既然特别多，性道德又是许多学者极热烈高兴讨论的问题。当时倘若有只公鸡，在母鸡身边，还能作出一种无动于中的阉鸡样子，也会为青年学者注意。至于一个公人，能够如此，自然更引人注意，成为了不起的一件大事了。社会本是那么一个凡事皆浮在表面上的社会，因此×先生在他那份生活上，便自然有一种伟大的感觉，日子过得仿佛很充实。分析一下，也不过是佛教不净观，与儒家贞操说两种鬼在那里作祟罢了。

“有朋友问×先生，你们过日子怪清闲，家里若有个小孩，不热闹些吗？×先生把那朋友看得很不在眼似的说，嗨，先生，你真不了解我。我们恋爱哪里象一般人那种兽性；你真是——有眼不识泰山。你没看过我那本书吗？他随即送了那朋友一本书。

“到后丈母娘从四川省远远的跑来了，两夫妇不得不让出一间屋子给丈母娘住。两人把两铺床移到一个房中去，并排放下。另一朋友知道了这件事，就问他，×先生如今主张会变了吧？×先生听到这种话，非常生气的说，哼，你把我当成畜生！从此不再同那个朋友来往。

“过了一年，那丈母娘感觉生活太清闲，那么过日子下去实在有点寂寞，希望作外祖母了。同两夫妇一面吃饭，一面便用说笑话口气发表意见，以为家中有个小孩子，麻烦些同时也一定可以热闹些。两夫妇不待老母亲把话说完，同声齐嚷起来：娘，你真是无办法。怎不看看我们那本书？两夫妇皆把丈母娘当成老顽固，看来很可怜。以为不受过高等教育的人，除了想儿女为她养孩子含饴弄孙以外，真再也没有什么高尚理想可言！

“再过一阵，女的害了病，害了一种因贫血而起的某种病。×先生陪她到医生处去诊病。医生原认识两人，在病状报告单上称女的为×太太，两夫妇皆不高兴，勒令医生另换一纸片，改为□小姐。医生一看病人，已知道了病因所在，是在一对理想主义者，为了那点违反人性的理想把身体弄糟了。要它好，简便得很，发展兽性自然会好！医生有作医生的义务，就老老实实把意见告给×先生。×先生听完，一句话不说，拉了女的就走。女的还不明白是怎么回事。×先生说，这家伙简直是一个流氓、一个疯子，那里配作医生。后来且同别人说，这医生太不正经，一定靠卖春药替人堕胎讨生活。我要上衙门去告他。公家应当用法律取缔这种坏蛋，不许他公然在社会上存在,方是道理。

“于是女人改医生服中药,贝母当归煎剂吃了无数,延缠半年,终于死去了。×先生在女的坟头立了一个纪念碑,石上刻字:我们的恋爱,是神圣纯洁的恋爱!当时的社会是不大吝惜同情的,自然承认了这件事。凡朋友们不同意这件事的,×先生就觉得这朋友很卑鄙污浊,不了解人间恋爱可以作到如何神圣纯洁与美丽,永远不再同那个朋友往来。

“今天我却接到这个喜帖,才知道原来×先生八月里在上海又要同上海交际花结婚了,有意思。潮流不同了,现在一定不再坚持那个了。”

达士先生听完了这个故事,微笑着问教授丙:

“丙先生,我问您,您的恋爱观怎么样?”

教授丙把那个红喜帖摺叠成一个老猪头。

“我没有恋爱观。我是个老人了,这些事应当是儿女们的玩意儿了。”

达士先生房中墙壁上挂了个希腊爱神照片,教授丙负手看了又看,好象想从那大理石雕像上凹下处凸出处寻觅些什么,发现些什么。到把目光离开相片时,忽然发问:

“达士先生,您班上有个×××,是不是?”

“真有这样一个人。您怎么认识她?这个女孩子真是班上顶美……”

“她是我的内侄女。”

“哦，您们是亲戚！”

“这孩子还聪敏，书读得不坏，”说着，教授丙把视线再度移到墙头那个照片上去，心不在焉的问道：“达士先生，这照片是从希腊人的雕刻照下的吗？”这种询问似乎不必回答，达士先生很明白。

达士先生心想，“丙先生倒有眼睛，认识美。”不由得不来一个会心微笑。

两人于是同时皆有一个苗条圆熟的女孩子影子，在印象中晃着。

教授丁邀约达士先生到海边去坐船。乳白色的小游艇，支持了白色三角形小帆，顺着微风，向作宝石蓝颜色镜平放光的海面滑去。天气明朗而温柔。海浪轻轻的拍着船头和船舷，船身略侧，向前滑去时轻盈得如同一只掠水的小燕儿。海天尽头有一点淡紫色烟子。天空正有白鸟三五，从容向远海飞去。这点光景恰恰象达士先生另外一个记载里的情形。便是那只船，也如当前的这只船。有一点儿稍稍不同，就是坐在达士先生对面的一个人，不是医生，却换了一个哲学教授丁。

两人把船绕着小青岛去。讨论着当年若墨医生与达士先生尚未讨论结果的那个问题——女人，一个永远不能结束定论的议题！

教授丁说：

“大概每个人皆应当有一种辖治，才能象一个人。不管受神的、受鬼的、受法律的、受医生的、受金钱的、受名誉的、受牙痛的、受脚气的，必需有一点从外而来或由内而发的限制，人才能够象一个人。一个不受任何拘束的人，表面看来极其自由，其实他做什么也不成功。因为他不是个人。他无拘束，同时也就不会有多少气力。

“我现在若一点儿不受拘束，一切欲望皆苦不了我，一切人事我不管，这决不是个好现象。我有时想着就害怕。我明白，我自己居然能够活下去，还得感谢社会给我那一点拘束。若果没有它，我就自杀了。

“若墨医生同我在这只小船上的座位虽相差不多，我们又同样还不结婚。可是，他讨厌女人，他说：一个女人在你身边时折磨你的身体，离开你身边时又折磨你的灵魂。女子是一个诗人想象的上帝，是一个浪子官能的上帝。他口上尽管讨厌女人，不久却把一个双料上帝弄到家中作了太太，在裙子下讨生活了。我一切恰恰同他相反。我对女人，许多女人皆发生兴味。那些肥的，瘦的，有点儿装模作样或是势利浅浮的，似乎只因为她们是女子，有女子的好处，也有女子的弱点，我就永远不讨厌她们。我不能说出若墨医生那种警句，却比他更了解女子。许多讨厌女子的人，皆在很随便情形下同一个女子结了婚。我呢，我欢喜许多女人，对女人永远倾心，我却再也不会同一个女人结婚。

“照我的哲学崇虚论来说，我早就应当自杀了。然而到今天还不自杀，就亏得这个世界上尚有一些女人。这些女人我皆很情欲的爱着她们。我在那种想象荒唐中疯人似的爱着她们。其中有一个我尤其倾心，但我却极力制止我自己的行为，始终不让她知道我爱她。我若让她知道了，她也许就会嫁给我。我不预备这一着。我逃避这一着。我只想等到她有了四十岁，把那点女人极重要的光彩大部分已失去时，我再去告她，她失去了的，在我心上还好好的存在。我为的是爱她，为的是很情欲的爱她，总觉得单是得到了她还不成，我便尽她去嫁给一个明明白白一切皆不如我的人，使她同那男子在一处消磨尽这个美丽生命。到了她本身已衰老时，我的爱一定还新鲜而活泼。

“您觉得怎么样，达士先生？”

达士先生有他的意见：

“您的打算还仍然同若墨医生差不多。您并不是在那里创造哲学，不过是在那里被哲学创造罢了。您同许多人一样，放远期账，表示远见与大胆，且以为将来必可对本翻利。但是您的账放得太远了，我为您担心。这种投资我并无反对理由，因为各人有各人耗费生命的权利和自由，这正同我打量投海，觉得投海是一种幸福时，您不便干涉一样。不过我若是个女人，对于您的计划，可并无多少兴味。您虽有哲学，却缺少常识。您以为您到了那个年龄，脑子还能象如今这样充满幻想，且以为女子到了四十岁，也还会如十八岁时那么多情善感。这真是胡涂。我敢说您必输到这上面。您若有兴味去看一本关于××的书籍，您会觉得您那哲学必需加以小小修改了。您爱她，得给她。这是自然的道理。您爱她，使她归您，这还不够，因为时间威胁到您的爱，便想违反人类生命的秩序，而且说这一切是为女人着想。我看看，这同束身缠脚一样，不大自然，有点残忍。”

“你以为这个事太不近情，是不是？我们每一个人皆可听凭自己意志建筑一座礼拜堂，供奉自己所信仰的那个上帝。我所造的神龛，我认为是世界上最美丽的神龛。这事由你看来，这么办耗费也许大一点。可是恋爱原本就是一种奢侈的行为。这世界正因为吝啬的人太多了，所以凡事总做不好。我觉得吝啬原邻于愚蠢。一个人想把自己人格放光，照耀蓝空，炫人眼目如金星，愚蠢人决做不出。”

“您想这么作是中了戏剧的毒。您能这么作可以说是很有演剧的天才。我承认您的聪明。”

“你说对了，我是在演剧。很大胆的把角色安排下来，我期待的就正是在全剧进行中很出众，然而近人情，到重要时忽然一转，尤其惊人。”

达士先生说：

“说得对。一个人若真想把自己全生活放在热闹紧张场面上发展，放在一种变态的不自然的方法中去发展，从一个艺术家眼里看来,没有反对的道理。一切艺术原皆不容许平凡。不过仍然用演戏取譬,你想不想到时间太久了一点,您那个女角,能不能支持得下去?世界上尽有许多女人在某一小时具有为诗人与浪子拜倒那个上帝的完美,但决不能持久。您承认她们到某一时会把生命光彩失去,却不想想一个表面失去了光彩的女人,还剩下一些什么东西。"

"那你意思怎么样?"

"爱她,得到她。爱她,一切给她。"

"爱她,如何能长久得到她?一切给她,什么是我?若没有我,怎么爱她?"

达士先生知道教授戊是个结了婚后一年又离婚的人,想明白他对于这件事的意见同感想。下面是教授戊的答案:

女人,多古怪的一种生物!你若说"我的神,我的王后,你瞧,我如何崇拜你!让莎士比亚的胸襟为一个女人而碎罢,同我来接一个吻!"好辞令。可是那地方若不是戏台,却只是一个客厅呢?你将听到一种不大自然的声音(她们照例演戏时还比较自然),她们回答你说:"不成,我并不爱你。"好,这事也就那么完结了。许多男子就那么离开了她的爱人,男的当然便算作失恋。过后这男子事业若不大如意,名誉若不大好,这些女人将那么想:"我幸好不曾上当。"但是,另外某种男子,也不想作莎士比亚,说不出那么雅致动人的话语。他要的只是机会。机会许可他傍近那个女子身边时，他什么空话都不必说，就默默的吻了女人一下。这女子在惊慌失措中，也许一伸手就打了他一个耳光。然而男子不做声，却索性抱了女子，在那小小嘴唇上吻个一分钟。他始终没有说话，不为行为加以解释。他知道这时节本人不在议会，也不在课室，他只在作一件事！结果，沉默了。女人想："他已吻过我了。"同时，她还知道了接吻对于她毫无什么损失。到后，她成了他的妻子。这男人同她过日子过得好，她十年内就为他养了一大群孩子，自己变成一个中年胖妇人；男子不好，她会解说：这是命。

是的，女人也有女人的好处。我明白她们那些好处。上帝创造她们时并不十分马虎，既给她们一个精致柔软的身体，又给她们一种知足知趣的性情，而且更有意思，就是同时还给她们创造一大群自作多情又痴又笨的男子，因此有恋爱小说，有诗歌，有失恋自杀，有——结果便是女人在社会上居然占据一种特殊地位，仿佛凡事皆少不了女人。

我以为这种安排有一点错误。从我本身起始，想把女人的影响、女人的牵制，尤其是同过家庭生活那种无趣味的牵制，在摆脱得开时乘早摆脱开。我就这样离了婚。

达士先生向草坪望着，"老王，草坪中那黄花叫什么名?"

老王不曾听到这句话，不做声。低头作事。

达士先生又说:“老王,那个从草坪里走来看庚先生的女人是什么人?”

听差老王一面收拾书桌一面也举目从窗口望去,“××女子中学教书先生。长得很好,是不是?”说着,又把手向楼上指指,轻声的说:“快了,快了。”那意思似乎在说两人快要订婚,快要结婚。

达士先生微笑着:“快什么了?”

达士先生书桌上有本老舍作的小说,老王随手翻了那么一下,“先生,这是老舍作的,你借我这本书看看好不好?怎么这本书名叫《离婚》?”

达士先生好象很生气的说:

“怎么不叫《离婚》?我问你,老王。”

楼上电铃忽响,大约住楼上的教授庚,也在窗口望见了经草坪里通过向寄宿舍走来的女人了,呼唤听差预备一点茶。

一个从××寄过青岛的信——

达士先生:

你给我为历史学者教授辛画的那个小影,我已见到了。你一定把它放大了点。你说到他向你说的话,真不大象他平时为人。可是我相信你画他时一定很忠实。你那枝笔可以担保你的观察正确。这个速写同你给其他先生们的速写一样各自有一种风格，有一种跃然纸上的动人风格，我读他时非常高兴。不过我希望你……因为你应当记得着，你把那些速写寄给什么人。教授辛简直是个疯子。

你不说宿舍里一共有八个人吗？怎么始终不告给我第七个是谁。你难道半个月以来还不同他相熟？照我想来这一定也有点原因。好好的告给我。

天保佑你。

瑗瑗

达士先生每当关着房门，记录这些专家的风度与性格到一个本子上去时，便发生一种感想："没有我这个医生，这些人会不会发疯？"其实这些人永远不会发疯，那是很明白的。并且发不发疯也并非他注意的事情，他还有许多必需注意的事。

他同情他们，可怜他们。因为他自以为是个身心健康的人。他预备好好的来把这些人物安排在一个剧本里，这自以为医治人类灵魂的医生，还将为他们指示出一条道路，就是凡不能安身立命的中年人，应勇敢走去的那条道路。他把这件事，描写得极有趣味的寄给那个未婚妻去看。

但这个医生既感觉在为人类尽一种神圣的义务，发现了七个同事中有六个心灵皆不健全，便自然引起了注意另外那一个健康人的兴味。事情说来稀奇，另外那个人竟似乎与他"无缘"。那人的住处，恰好正在达士先生所住房间的楼上，从××大学欢迎宴会的机会中，那人因同达士先生座位相近，×校长短短的介绍，他知道那是经济学者教授庚。除此以外，就不能再找机会使两人成为朋友了。两人不能相熟自然有个原因。

达士先生早已发现了，原来这个人精神方面极健康，七个人中只有他当真不害什么病。这件事得从另外一个人来证明，就是有一个美丽女子常常来到寄宿舍，拜访经济学者庚。

有时两人在房子里盘桓，有时两人就在窗外那个银杏树夹道上散步。那来客看样子约有二十五六岁，同时看来也可以说只有二十来岁。身材面貌皆在中人以上。最使人不容易忘记，就是一双诗人常说"能说话能听话"的那种眼睛。也便是这一双眼睛，因此使人估计她的年龄，容易发生错误。

这女人既常常来到宿舍，且到来以后，从不闻一点声息，仿佛两人只是默默的对坐着。看情形，两个人感情很好。达士先生既注意到这两个人，又无从与他们相熟，因此在某一时节，便稍稍滥用一个作家的特权，于一瞥之间从女人所得的印象里，想象到这个女子的出身与性格，以及目前同教授庚的关系。

这女子或毕业于北平故都的国立大学，所学的是历史，对诗词具有兴味，因此词章知识不下于历史知识。

这女子在家庭中或为长女。家中一定是个绅士门阀，家庭教育良好，中学教育也极好。从×大学历史系毕业后，就来到××女子中学教书，每星期约教十八点钟课，收入约一百元左右。在学校中很受同事与学生敬爱，初来时，且间或还会有一个冒险的、不大知趣的山东籍国文教员，给她一种不甚得体的殷勤。然而那一种端静自重的外表，却制止了这男子野心的扩张。还有个更重要的原因，便是北京方面每天皆有一个信给她，这件事从学校同事看来，便是“有了主子”的证明，或是一个情人，或是一个好友，便因为这通信，把许多人的幻想消灭了。这种信从上礼拜起始不再寄来，原来那个写信人教授庚已到了青岛，不必再写什么信了。

这女人从不放声大笑，不高声说话，有时与教授庚一同出门，也静静的走去，除了脚步声音便毫无声响。教授庚与女人的沉默，证明两人正爱着，而且贴骨贴肉如火如荼的爱着。惟有在这种症候中，两个人才能够如此沉静。

女人的特点是一双眼睛，它仿佛总时时刻刻在警告人、提醒人。你看她，它似乎就在说：“您小心一点，不要那么看我。”一个熟人在她面前说了点放肆话，有了点不庄重行动，它也不过那么看看。这种眼光能制止你行为的过分，同时又俨然在奖励你手足的撒野。它可以使俏皮角色诚实稳重，不敢胡来乱为，也能使老实人发生幻想，贪图进取。它仿佛永远有一种羞怯之光；这个光既代表贞洁,同时也就充满了情欲。

由于好奇,或由于与好奇差不多的原因,达士先生愿意有那么一个机会,多知道一点点这两人的关系。因为照他的观察来说,这两人关系一定不大平常,其中有问题、有故事。再则,女的那一份沉静实在吸引着他,使他觉得非多知道她一点不可,而且仿佛那女人的眼光,在达士先生脑子里,已经起了那么一种感觉:"先生,我知道你是谁。我不讨厌你。到我身边来,认识我,崇拜我,你不是个胡涂人,你明白,这个情形是命定的,非人力所能抗拒的。"这是一种挑战,一种沉默的挑战。然而达士先生却无所谓。他不过有点儿好奇罢了。

那时节,正是国内许多刊物把达士先生恋爱故事加以种种渲染,引起许多人发生兴味的时节。这个女人必知道达士先生是个什么人,知道达士先生行将同谁结婚,还知道许多达士先生也不知道的事,就是那种失去真实性的某一种铺排的极其动人的谣言。

达士先生来到青岛的一切见闻,皆告诉给那个未婚妻,上面事情同一点感想,却保留在一个日记本子上。

达士先生有时独自在大草坪散步,或从银杏夹道上山去看海,有三四次皆与那个经济学者一对碰头。这种不期而遇也可以说是什么人有意安排的。相互之间虽只随随便便那么点一点头各自走开,然而在无形中却增加了一种好印象。当达士先生从那个女人眼睛里再看出一点点东西时,他逃避了那一双稍稍有点危险的眼睛，散步时走得更远了一点。

他心想：“这真有点好笑。若在一年前，一定的，目前的事会使我害一种很厉害的病。可是现在不碍事了。生活有了免疫性，那种令人见寒作热的病全不至于上身了。”他觉得他的逃避，却只是在那里想方设法使别人不至于害那种病。因为那个女人原不宜于害病，那个教授庚，能够不害那一种病，自然更好。

可是每种人事原来皆俨然被一只看不见的手所安排。一切事皆在凑巧中发生，一切事皆在意外情形下变动。××学校的暑期学校演讲行将结束时，某一天，达士先生忽然得到一个不具名的简短信件，上面只写着这样两句话：

学校快结束了，舍得离开海吗？（一个人）

一个什么人？真有点离奇可笑。

这个怪信送到达士先生手边时，凭经验，可以看出写这个信的人是谁。这是一颗发抖的心同一只发抖的手，一面很羞怯，又一面在狡猾的微笑，把信写好亲自付邮的。不管这个人是谁，不管这信写得如何简单，不管写这个信的人如何措辞，达士先生皆明白那种来信表示的意义。达士先生照例不声不响，把那种来信搁在一个大封套里。一切如常，不觉得幸福也不觉得骄傲。间或也不免感到一点轻微惆怅。且因为自己那份冷静，到了明知是谁以后，表面上还不注意，仿佛多少总辜负了面前那年青女孩子一份热情、一份友谊。可是这仍然不能给他如何影响。假若沉静是他分内的行为，他始终还保持那份沉静。达士先生的态度，应当由人类那个习惯负一点责。应当由那个拘束人类行为，不许向高尚纯洁发展，制止人类幻想，不许超越实际世界，一个有势力的名辞负点责。达士先生是个订过婚的人。在“道德”名分下，把爱情的门锁闭，把另外女子的一切友谊拒绝了。

得到那个短信时，达士先生看了看，以为这一定又是一个什么自作多情的女孩子写来的。手中拈着这个信，一面想起宿舍中六个可怜的同事，心中不由得不侵入一点忧郁。“要它的，它不来；不要的，它偏来。”这便是人生？他于是轻轻的自言自语说：“不走，又怎么样？一个真正古典派，难道还会成一个病人？便不走，也不至于害病！”的确，就因事留下来，纵不走，他也不至于害病的。他有经验，有把握，是个不怕什么魔鬼诱惑的人。另外一时他就站过地狱边沿，也不炫目，不发晕。当时那个女子，却是个使人值得向地狱深阱跃下的女子。他有时自然也把这种近于挑战的来信，当成青年女孩子一种大胆妄为的感情的游戏，为了训练这些大胆妄为的女孩子，他以为不作理会是一种极好的处置。

瑗瑗：

我今天晚车回××　达

达士先生把一个简短电报亲自送到电报局拍发后，看看时间还只五点钟。行期既已定妥，在青岛勾留算是最后一天了。记起教授乙那个神气，记起海边那种蚌壳。当达士先生把教授乙在海边拾蚌壳的一件事情告给瑗瑗时，回信就说：不要忘记，回来时也为我带一点点蚌壳来。我想看看那个东西！

达士先生出了电报局，因此便向海边走去。

到了海水浴场，潮水方退，除了几个骑马会的外国人骑着黑马在岸边奔跑外，就只有两个看守浴场工人在那里收拾游船，打扫沙地。达士先生沿着海滩走去，低着头寻觅这种在白沙中闪放珍珠光的美丽蚌壳。想起教授乙拾蚌壳那副神气，觉得好笑。快要走到东端时，忽然发现湿沙上有谁用手杖斜斜的划着两行字迹，走过去看看，只见沙上那么写着：

> 这个世界也有人不了解海，不知爱海。也有人了解海，不敢爱海。

达士先生想想那个意思，笑了。他是个辨别笔迹的专家，认识那个字迹，懂得那个意义。看看潮水的印痕，便知道留下这种玩意儿的人，还刚刚离此不久。这倒有点古怪。难道这人就知道达士先生今天一早上会来海边，恰好先来这里留下这两行字迹？还是这人每天皆来到海边,写那么两行字,期望有一天会给达士先生见到? 不管如何,这方式显然的是在大胆妄为以外,还很机伶狡猾的,达士先生皱眉头看了一会儿,就走开了。一面仍然低头走去,一面便保护自己似的想道:“鬼聪明,你还是要失败的。你太年青了,不知道一个人害过了某种病,就永远不至于再传染了! 你真聪明,你这点聪明将来会使你在另外一件事情上成就一件大事业,但在如今这件事情上,应当承认自己赌输了! 这事不是你的错误,是命运。你迟了一年。……”然而不知不觉,却面着大海一方,轻轻的抒了一口气。

不了解海,不爱海,是的。了解海,不敢爱海,是不是?

他一面走一面口中便轻轻数着,“是——不是? 不是——是?”

忽然间,沙地上一件新东西使他愣住了。那是一对眼睛,在湿沙上画好的一对美丽眼睛。旁边还那么写着:“瞧我,你认识我!”是的,那是谁,达士先生认识得很清楚的。

一个爬沙工人用一把平头铲沿着海岸走来,走过达士先生身边时,达士先生赶着问:“慢点走,我问你,你知不知道这是谁画的?”说完,他把手指着那些骑马的人。那工人却纠正他的错误,手指着山边一堵浅黄色建筑物,“哪,女先生画的!”

“你亲眼看见是个女先生画的?”

工人看看达士先生,不大高兴似的说:“我怎不眼见?”

那工人说完,扬扬长长的走了。

达士先生在那沙地上一对眼睛前站立了一分钟，仍然把眉头略微皱了那么一下，沉默的沿海走去了。海面有微风皱着细浪。达士先生弯腰拾起了一把海沙向海中抛去。“狡猾东西，去了吧。”

十点二十分达士先生回到了宿舍。

听差老王从学校把车票取来，告给达士先生，晚上十一点二十五分开车，十点半上车不迟。

到了晚上十点钟，那听差来问达士先生，是不是要把他行李先送上车站去。就便还给达士先生借的那本《离婚》。达士先生会心微笑的拿起那本书来翻阅，却给听差一个电报稿，要他到电报局去拍发。那电报说：

瑗瑗：我害了点小病，今天不能回来了。我想在海边多住三天；病会好的。　达士

一件真实事情，这个自命为医治人类灵魂的医生，的确已害了一点儿很蹊跷的病。这病离开海，不易痊愈的，应当用海来治疗。

一九三五年夏作

一个母亲

《一个母亲》序

因为生存的枯寂烦恼,我自觉写男女关系时仿佛比写其他文章还相宜。对于这方面,我没有什么经验。写这问题,可没有和我平时创作的态度两样,在男女因情感所起冲突中,我只尽我的观察,理解、解释这必然的发展变化。我并不在几个角色中有意加以责备或袒护的成见,我似乎也不应当有。我并不如据说在国内称为"批评家"权威辈说的成心在那里赞美情欲或讥讽绅士。只是以我的客观态度描写一切现实,而内中人物在我是无爱憎的。倘若还有人还要把这个引为"同道"或"异端",想以他个人的趣味作我文章的尺度,我觉得这人是在极其可笑情形中白费了他的气力,实在为他可惜。因为我这作品并不是为等待这些毁誉而写成,我劝他还是去介绍他熟人一本新著,得到认可和赞许的机会可多一点。我这种试验性的作品,说真话,还不值得批评!

在技术上，我为我作品，似有说明必要的，是我自己先就觉得我走的路到近来越发与别人相远。与别人不同，这成败是不可知的，因为最好的批评家是时间。时间延展，虽其中免不了侥幸，但无论如何，把作品付之于时间，是比之付于现在由书业中大老板所支配指定的批评者手中为可靠的。既是后话可不提。至于目下，我得承认我工作是完全失败了。看到一般人，对于章回体看来不费脑力的作品感到倾心，我不承认我的失败是不行的。在许多近人名家作品中，对于他们的作品使我感到佩服的，是他们空话之多。他们真不愧为在那里创造理想中人物，不过似乎常常是理想过高，因此结果从这些作品中反映出人物都同平常人两样，虽然他们还自夸是“高度写实”，人的脸也象是用尺寸规画出来的，不走丝毫。因为把字数延长，他们就令每一个书中人都经常喋喋不休，说上一些没有关系的空话。因为有“思想”，他们有时就借一个厨子的口来说明“国际联盟”以及不下于国际联盟那么与二十世纪中国某公馆厨子毫不相干的问题。他们想到革命，就写革命，想到恋爱非三角不行，本来只有两个，也就想方设法勉强再凑上一位。他们表现理想中人物的人格，却依赖这纸上的英雄独唱，毫不悭吝一切豪华美丽的言语，只以为一说出来一切问题就从作品中人物言谈行动上得到了正确解决。他们所谓“抓着时代”，在时代中产生时代作品，那种态度和方法，其实还是中国往日名士诗人“即兴”一样，自然他们各人都有理由说某一方面才认为是可以讥消的“即兴”,某一方面是“忠于时代”。到底这些人是聪明人,在一切方便中他们是轻轻易易就完全成功了的。中国当然是需要一种继续章回传奇与《聊斋志异》侦探香艳小说的作品,天才名家,应运而生,没有什么可怪处。他们能得大众的了解与同情,是他们把习惯的一套给了时代,可不象是时代真正给了他们什么。

上面我说的话,是偏于对表现技术而联带及思想意识我个人的态度,我愿意也有人相信我的话不完全是个人的牢骚。时下名作家们,是有以疏忽此点反而成功的事实作证明足以自傲。批评家们又以“通顺可作中学教本”的话而奖励了这种作品而作成普遍推广宣传的。这些人完全是“聪明人”。

我的见解是明知自己失败,却找不出对成功者以尊敬机会。在走不去的荆棘塞途的僻路上,将凭我执拗顽固的蠢处,完成我自己所能走的一段路。我以为一件作品对外景只在说明充实背景的需要而存在。说明上文字的节制是必需的,这是我有意疏于写景的一种解释。我以为表现一个理想或讨论一种问题,既然是附丽到创作中,那么即或形式是小说的形式,在对话动作种种事情方面,适当节制为势所必需,过分的铺张应当是一样忌讳,观察详细又不可缺少,一切应当从需要作考虑。这是我在描写上不能夸张复有琐碎的一种解释。

假若有人问到:作品中的孩子,结论到底是怎么样?对于这样疑问,我一时还找不到适当回答。因为孩子还是一个孩子,年纪只是一岁或三岁，有一个日益发胖温和“伟大”的父亲，同时又有一个“富于人性慈爱”的母亲，就正是一般孩子在幼小时所需要的一种家庭。一个正常家庭的情形，使孩子能好好的活到世界上，不寒不饥，有病时可以及时吃药，疲倦时能睡到母亲怀抱内或极精美安适的摇床内，也就可以说是孩子所希望的合理结论了。

一个母亲

第一章

一

“在他们间居然有了孩子……”一些不很知道他们生活，又略与他们夫妇相熟的人，当孩子出世以后，是曾那样用着稍稍奇怪的意义，把这孩子出世的消息议论到的。

孩子满了周岁，外祖母远自三千里外，托了来京的便人，把许多小孩子的衣帽玩具装满一箱寄来。同时为这做母亲的女儿写了长长的信，信上充满了这老人家自觉的幸福，还用一些略带骄傲的语气，说如何把寄去的相片给了亲戚们看，如何做梦梦到这小孩子的长大成人，牵了外祖母的手走路，如何……凡是可以使老年人高兴的一切全写到了。

一对夫妇结了八年婚，对于小孩子似乎是无望了，忽然使一个人做了外祖母，这做外祖母的心情忽然增了若干孩气是当然了。

来信的时节，正是母亲把孩子换了白色的干净衣服，放到白色藤制小卧车中，预备推向公园去的时节。草草读完信的母亲，把箱开了，一件件取出那些小孩子的东西来，小鞋小帽皮球口琴喇叭裤褂……一面向小孩子逗着，把每一件东西都给放在小孩子手上，一刻又取去丢到一旁，一面又向站在身旁的王妈笑，奇怪乡下的老太，亏她想得到会这样那样塞了这一箱子。

“看，小菩萨也拿来了！”说时她把一个泥佛拿在手上。“这是送我的，我小时候就只想得这样一个泥佛玩。做梦也这样打算，到大王寺偷他一个来放到枕头下当宝物。瞧，老太不知到什么地方得到这东西。上面有字，是庙里来的，真好笑！”

她把那小泥佛给孩子，孩子不知道这东西用处，就放到口边去。她又把它从孩子手中抢回。“嗨，这是糖吗？这也吃得吗？应当归我，宝宝，你只能玩糖做的菩萨。王妈，把这个放到我镜台上去。你瞧，这个手工，不平常，你小心莫掉到地下！”她谨谨慎慎的把泥佛交给了妈子，第二次拣出了一个球，放到孩子手上，“宝宝，你吃得下这个就吃。”

把每一件东西取出，她总用那又惊讶又欢喜的口吻，或者说“这外祖母才好笑！”或者说“这也拿来！”或者说“全是送我的，宝宝没有分！”

本来已经二十六岁的母亲，到这时只象十八岁的姑娘。远地的来信同东西，把外祖母一方面做母亲的爱全带来，使孩子的母亲也成为大孩子了。

听到外面卖花的喊花，她想起应当去公园，太晏了，太阳会大，所以才胡乱的把箱子中物件放下，推了小孩的车离了家。

到了公园树荫下，她望到孩子的脸，目光不忍一刻离开。孩子一岁了，肥壮，干净，活泼，白的小脚板使做母亲的只想放到嘴边，全身都有一种香甜气息。

孩子还会咧了小小的口作笑样子，还会喊妈妈爸爸，在世界上他有他的地位，在母亲的心中地位更看不出他的渺小。

公园中这几日来因为天气太热，树木都象很疲倦，园中每早都有小工拿了水龙头各处洒水。望到这些洒水人做事情形，在平时，她总想起一件可笑的事，就是小时候看求雨的人扛着草扎的龙，到人家门前，各人把满瓢的水向头上浇去的情形。她为什么只想到这件事，那是奇怪的很，因为这草龙，这满瓢的水，同自己有着大的关系在，而孩子，也有分。不过过去的事如过去的春天，只要一成了过去，仿佛所余就只是一个梦了，所以纵孩子还在身边，孩子的小小的脸貌和那种顾盼神气，都可以使母亲想起一些应当流泪的故事。但因为目前生活的平静，心情成为纯然母性的心情，不能把另一时的事扰乱自己目下的心，见到水龙想起其余的一切，她也只当成一个可笑的联想了。

今天仍然见到小工在那坪里作事，水从龙头喷出，在朝日下成虹彩。水中有虹彩在，外祖母的信，在后面，似乎还赞美了孩子的像相。“水中有虹”，这样想，她有点不自在了。信就在袋中，她把它取出重新来看。

来信说：他们说孩子叫奇生，是谁取的？他们说孩子象妈，不象父亲。孩子都说长得太好，我听到这话有一千次了，自然你可以笑我是有一千次把他的相给人看的缘故，才会听到这样多赞美。我为他到万佛林许得有愿。我为他算命，据说比他父亲还聪明。信上完全说孩子，也完全好象只有孩子口中才说得出的话，看到后来这母亲忽然站起来想避开孩子，有到另一个无人地方哭一次的需要了。她用两只手把一叠信纸扭成一根绳，走到离开小孩有一丈以外地方去，望着天上的白云，颜色沮败，如害了病。

云在蓝天作衬的空中缓缓的飞。

缓缓移动的云象是非常蕴藉的用那飘逸的姿态，说明自己是无事不知，只不开口。聪明的人既能仰目欣赏，当能追忆过去任何时天上的云所看到地下的事。

这母亲感到孤独了。她需要援助，但越更怕望那小孩所在的一方。

她想：这奇怪，忽然有这样心情。

她想：自己真是可怜的人，生到这世界上。

她想：这一年来是为小孩子而活；这时，为自己，所以，重新来做呆子，不快活了。

虽然怎样自己解释，用各样辩解对自己加以饶恕，用好的未来原谅了自己不愉快的过去，仍然是为一些东西咬在心上不放，有一种说不分明的苦痛纠缠。她为了设法保持自己前一时的那样心上和平，就仍然鼓了勇气走到孩子车边来逗孩子。

孩子见了母亲就笑。母亲也勉强笑。

低头看孩子的笑，在这天真纯洁的生命上，反映出的是母亲的蕴藉于心中深处的罪孽的自责。

她不能不想一些与小孩子有关的事情。

"孩子不象爸，象妈。"

她记着在糊涂情形中的外祖母这话，再去详细望孩子，她望得出许多地方孩子是既不象妈也不象爸的有另一种风度存在的。鼻子，耳，长的眼，向上略竖的眉，以及笑时口角的带媚的垂线，全是那个人。这母亲，两年前，就因为这种笑，使自己冒了一种险，勇敢的作了一些自己在另一时想来也颇吃惊的事。命运的作弄成为人们追悔的根由，一时稍稍任性，一切的事一眨眼又成为过去，不能稍稍凝固，逝去了。人事随时间逝去，仍然凝固下来仿佛作成了生命上一种嘲弄表记的就是这孩子。但直到如今，情形是就是那名义上做父亲的人，也似乎毫不对于他自己地位加以疑惑，因而感到苦闷的。正因为外祖母，父亲，以至于熟人，都有这信任，没有人愿意对他自己亲权加以一分疑惑，所以母亲才能看到这孩子长大。孩子如今是出了世的第一周年，孩子的来由，是两年前的事了。

事虽是两年前事,但她想来又象是许久许久以前的事了。若非今天孩子的外祖母的来信,虽是纵把孩子抱在手上也不至于再去想起孩子出世因缘的。

她想起她的秘密,重新温习当时的任性的行为,对于孩子,就生了另外一种怜悯,极温柔的把孩子抱到怀中,把小手捂在自己的嘴边。坐到树荫木椅上了。

一朵白云在头上过去。母亲指云给小孩看。

“宝宝,这是云。”

孩子就说“云”。

“云是宝宝的爸爸。”

小孩子就又说“爸爸”。

“云是爸爸。”

“云——爸爸。”

一个名字叫做云的青年在母亲印象中涌起,母亲独自作着无望无助的微笑。

她笑了,她心中,为自己这微笑感到严肃,她第二次还是微笑。

二

到了十二点钟,那“父亲”从一个信托公司回到家中来吃午饭了。母亲同孩子是早已转家了的。母亲仍然在孩子身边,清理外祖母为孩子寄来的那一箱各样东西。孩子坐在小椅上,拿了球又拿了喇叭,还想要葫芦。这孩子性情有一种遗传——不知节制的贪多。

父亲回来衣还不曾脱,就到孩子身边去,抱了孩子把孩子高高举起。

“呀,宝宝,什么人送宝宝的这样多!”

那母亲仍然用在公园中那意义微笑,且轻巧的说:

“娘寄了一箱子东西来,早上送来的。”她把箱中物件指点给那父亲看,“这里,宝宝小帽子;这里,皮鞋;这里,短衣,绣花的,费好大功夫呀!还有这些。”她指的是一堆玩具。

“母亲真是有趣味,够她的收集!”

“还有奇怪的哩。”

她忽然想起了那泥佛。“王妈,拿那菩萨来。”王妈正预备走进房去,这母亲忽又自己争到去拿,一会儿这泥佛就在父亲手上欣赏了。

母亲把泥佛当第二孩子那样珍重,她见到孩子父亲在检察那佛座下的小字,就用着同王妈先时说到的神气,告给孩子的父亲,小泥佛如何给自己在小时增加了幻想的种种。她又说:“这是送我的,娘知道我欢喜这东西,所以才找来。”

对于孩子母亲的嗜好,孩子的父亲似觉得稍稍奇异,他望到与孩子争玩具的母亲温柔的笑。

那父亲说:

“素，我早知道你欢喜这个，我可以到庙会买十个。”

“因为是我小时欢喜的我才爱。”

“我看你从有了小孩以后就成了小孩子，完全不象大人。”

母亲不做声，转头问王妈，为什么不把老爷的漱口水拿来，不扭手巾给老爷擦脸。妈子听到了，才记起忘了告老爷今天有红烧鱼头上桌，把话说了还不曾走去拧手巾，因为照例说到鱼头父亲有话说，那父亲就说：

“王妈，你烧鱼头总是太甜。”

那妈子，乖巧的答：“因为您爱甜。”

“我只欢喜淡。”母亲说了不自然的笑。

“有些人欢喜用醋，我顶恨醋。”父亲就表明身份似的说着对于鱼头的意见。

听到这话的母亲，背了身轻轻的咬牙齿。

那父亲又问：

“今天有信来没有？”

“就只娘有一封信。”

妈子把手巾拧了给主人抹脸，母亲有意避开这谈话，就不说信，只问妈子菜好了没有。

告她说快了，母亲又问妈子，孩子的衣缝了四天还不拿来是怎么回事。

她接着同孩子亲嘴，同孩子的父亲谈公司里姓王的同事结婚送礼，又谈天气热买冰，说孩子的身体重量。

她提出许多不必提的问题来同父亲讨论，尤其是关于孩子。

她比平时更母性了一点，这是父亲觉到的。

看到这情形的父亲，心中想，这真是一个模范母亲。

这母亲到无话可说，且看到父亲教给孩子喊爸爸，忽然感到一点慌张，就走到厨房去炒菜去了。不久把菜拿上桌子，又问父亲是失败了还是成功。

她的一切行为全为解释在公园中时心情的反照。

为了想忘记一些事，她才高高兴兴来作一些事。

他们于是吃饭了。

父亲喝酒。喝酒不是习惯，兴致特别好时才喝点。他一面看到孩子，一面看到孩子的母亲，不能不为庆祝一家人康健尽杯了。

母亲是知道这喝酒意义的，她笑。

掩饰心中由自己所刻画的残酷记号，没有比笑更为自然了。

两人在吃饭时谈的是外祖母，又谈到外祖母的信。孩子的父亲问信上说些什么，母亲才记起这信已被自己绞成一卷放到孩子的卧车里皮垫下，就叫王妈去看，是不是在那里。王妈把信取来了，孩子的父亲对这纸折皱的信毫不有所奇异，俨然这是应当象这样子的。在饭桌前把信看过，仍然吃饭。

母亲在父亲看信时节心中自然有一种小小波浪。她虽然明知道信上凡是使自己心跳的话未必使父亲也同样心跳，她直到父亲把信看完才把含在口中的饭咽下。父亲每一提到孩子,母亲就如中恶,心身微微发抖。她虽能永远是用那使人看不分明意义所在的微笑来掩饰自己;她对于这父亲,坦白的几乎可以称为呆子的态度,是抱了一种说不分明的怜悯心情的。她的口时时微动,似乎只差一点就要大声的喊这孩子父亲做呆东西。但呆东西那种对孩子的希望却并不下于外祖母,因此她的自白的机会,就永不会在什么时候得到了。

把饭吃过不久,父亲仍然挟了他的大皮包到公司办公去了,家中就剩下孩子同孩子母亲。

做母亲的因为不许自己想起那些不是聪明人做的事,她把小孩子放到身边,自己看书。她往日也这样把日子消磨的,只是往日没有象今天那样勉强。在丈夫面前,她还可以象一个孩子,就因为丈夫把她当孩子。但是只她一人在自己孩子面前,她是一个完全的母亲。一个母亲对于孩子同孩子的父亲,当是整个的爱,没有别的成分搀入,才能使这母亲完成母性的伟大。如今的孩子,仔细的分析,一个负疚的赘疣罢了。

她一面看书,一面想起在三千里外为这外孙光荣未来作估计的外祖母,就低低的叹了气。

她从所看到的一本女人之忏悔上摘出许多仿佛为自己而说的话。

这是罪孽么?隐瞒下去,一直到死。正因为孩子,许多人才感到月的全圆。正因为孩子,家庭才完全无缺。这秘密的深伏,正如人类整个生命秘密的深伏,爱情所透过的应比日光还深。……

想着,还是叹气。

她觉得人是太懦的人。

她的叹息同她的笑,包含的是一样成分。

三

到晚上,从信托公司回到家来的孩子父亲,特为母亲买了十个泥佛,作一包,拿回来时没有把包皮取去,就要母亲猜。

她猜了十样物件,完全不对。

到后内容发现了,比外祖母给孩子的还精巧玲珑。

她吃惊的望着孩子的父亲。

这父亲,真象是为孩子的缘故把这东西买来给母亲,以为得到这泥佛的她当无量欢喜了。

他说:

“我看你象孩子,我就买这个来给你玩。”

做母亲的笑。他又说:

“这是纪念母亲对于孩子的周年。”

她脸上忽失了色。他还不觉到,又说:

“这是纪念我们的爱情。”

她稍过了一阵,伏到床上睡了。

时间还早,他怕是因为孩子苦了她,不让她这时就睡,邀她去公园玩,不带孩子,说是有话要同她说。她想了一会儿,摇头,说懒。

她不去,叹叹气,但是站起了身。

"不爽快,为什么事?"

"不为什么。"

"我们去玩玩,会好。"

"我不去。"

"我有话要到那里说。"

"当真么?"

"我并不说过谎。"

她凝眸望到这可怜的父亲,望了一会儿,眼睛有了潮湿,赶忙借故走到后面房间去看孩子。

他们不久就到了公园。

"夜里的公园,是年青情人的地方,我们好象已不合式了。"

他这样当笑话说着,挽了默默无言的她从一条夹竹桃编成的窄路上走到水池边。树下的人影重叠,似乎正在那里享受这美景良宵。池旁四围也有不少的人,各人象都在咬耳朵说着那使听者一方面心跳的话。间或一尾塘鱼泼刺在水面一响,大家又才把精神转移到水面来。

"这里仍然无聊,走别处去。"

女人不置可否,随了他走上一个假山。到了山上,看满园的灯,在树梢,本来非常有趣,他就站到那里各处望。她也各处望,心却不在灯。

“素,你为甚不愉快?”

“……”她摇头。

“是不是病了?”

“……”她摇头。

“白天我看你极高兴,到晚上为什么就这样子?”

“……”仍然是摇头。

她没有想到这时的难受。她简直想逃走了。

但是他,虽然看得出她的不愉快,可不知道为什么。这好丈夫决不至于想到提起孩子就使她心上起一种骚扰。

他想变更一个方法,提起他们共同所有的孩子,谁知刚刚说出孩子两字,她仿佛触了电,一直冲下假山去了。

到山脚下,他把她追上了,他拦住了她。他的态度是沉重的,他的言语同态度一样。他说:

“为什么?什么事把我们的生活扰乱到这样了?我做错了什么事你听别人说到什么?我欺骗了你么?”

“不!”

“你只是不,要我怎么办?”

“要你么?”她想着,把话凝住。她故意作笑样子。

他迫她说明白。他说无论怎么都行,只要说明白。

她还是没有说明白了什么,她只告他完全是因为自己,若是他能离开她,或者让她独自回家,不要用温柔来虐待她,她到明天就把一切不快消失了。

这话听来自然免不了使他稍稍生气。但他到后仍然照她办,让她回去,答应他一个人去看电影,看完电影就不回家,到同事的家去住一晚。

他们走出公园,他预备送她回家她也不要。

“你去吧,我自己回去。你明白我的脾气,必定能够原谅我。”

说是原谅,那也只不过是无办法那种情形,待到目送任性的妻走去,他感觉到一种凄凉,叫街车到××电影场去了。

她回到家中就躺到床上去哭。

她哭的时间很久。她不需要什么,只肆无忌惮的流泪。直到小孩子在后房啼哭了,她才去看视小孩。

她笑,叹气,流泪,都不是另外人能知道的。

第二天,一夜不安宁的父亲,七点钟即回到家来,孩子正在母亲怀中吃奶。

孩子喊爸爸,爸爸看到母亲脸上有笑容,也笑了。

第二章

一

十八年以前,这母亲还只有八岁。在生长的×县,过的是平常中户人家儿女的生活。家中有爸妈,一个外祖母,一个未出嫁的姑母,两个弟妹,还有一个女佣。

冬天,陪外祖母在火炉边烤火,得便又同弟妹悄悄的走到后院雪地去印罗汉。或者敲下缸中的冰,用草管吹一眼,将绳子穿过,提起当锣。或者在灶肚热灰中烧红薯,烧板栗。在这些日子中正事是纺车,把成条棉花纺细纱,一切学到大人作。春天来了,照本地人春天的娱乐,消磨了一个春天。夏天秋天全如此过去。她已经是八岁了。那时家中叫她大妹,因为在孩子中年纪顶大。这大妹那时知道一年四季,春夏秋冬,迎冬,过年,端午节,吃新,中秋节,重阳节,冬至节,腊八佛生日。各样佳节循序而来,每遇到这种日子,家里就做各样好东西吃,孩子们年纪就再长,对于这些事看来是顶容易记到也当然了。

她孩子时代过得并不很坏。

那年六月,本地天干无雨,田禾干成枯草。照中国内地半开化民族习惯,落雨的权柄操在天上玉皇与河中龙王手中。天上玉皇可以随意颁雨，河中龙王也能兴云作雨。不知何年何月，地方上居然有聪明人想得出这样好计策，有方法使玉皇落雨了。这方法又分软求与反激两种：软求为设坛打醮，全城封屠，善男信女派代表磕头，坛外摆斋素筵席七天，给众首事僧道吃，贴黄榜，升桅，燃天蜡，施食，以至于在行香时各家把所有宝物用托盘托出，满城走，象开展览会(行香中少不了观音一座)，据说因此一来本地就风调雨顺国泰民安了。求雨的反激办法可就简便洒脱多了，只要十个本地顽皮的孩子同一只狗、一张凳、一副破烂锣鼓就行。他们把狗用草绳绑到椅上，把狗头上戴一杨柳圈，两三人抬着这体面的首领满街走，后面跟随了喧阗的锣鼓。孩子们全是赤膊，到各家门前讨雨，每家都把满瓢满桶的水往这一群孩子同高据首席的公狗浇去。天上玉皇见了这情形，似乎以为地下有革命行为，想推翻玉皇，有大阴谋在，所以就动怒落雨了。

至于使龙王落雨呢？办法不同了。这仍然是孩子们的事，因为本地方大人只知道磕头、吃斋、赚钱三件事。孩子们用草扎龙，或者五节，或者三节七节，大小看能力所在。把草龙扎成，仍然是用敲锣打鼓，先到河中请水，请了水，就到各家去讨雨。一面因为天热，这些平时成天泡到河中消遣的顽童，对于水的淋头淋身，也具有一种比打醮首事人还诚心的需求，所以各个人家都不能吝惜缸中的清水。他们有时还把龙舞到郊外四乡去，因为乡下人礼节除了款待他们的清水外还预备得有点心吃，所以草龙下乡成为一种必需的事。

六月无雨。五月已打过了清醮,檀香降香据说用了不少,当地还是每天赤日当空,毫无雨意。打过醮,当磕头的磕头,当吃斋的吃斋,还有那当赚钱的也并不放过好机会赚了一些钱,到后来还不落雨,当地官绅学各界便毫无办法了。孩子们明白了地方上有身份的人责任已尽,轮到他们头上来了,就出现了不少草龙。在白日汤汤的大街小弄上,各处皆不缺少热闹欢喜的声音。孩子们勇敢不凡,各具赴汤蹈火的气概,成天在街上来去。

街上各处全湿了。洒过水后的街,为天空太阳所晒,石板上发烟,行路人皆俨然有行雨初过的感觉。

属于南门城沿一街的草龙一条,各处走,到后到了本文那大妹的家中院子里停住了,孩子们同声嘶嚷,请赏雨。皮面为水所湿的鼓做声蓬蓬,孩子们无水不能出门。

孩子们全出来看。

"龙来了,要水。"

大妹同一个幼弟就重复跑进屋。

"龙来了,要水!"

"水来了!"

果然来了,女佣提了水桶从厨房走来,大妹拿葫芦作成的小瓢,舀桶中的水,向院中龙身浇去。

"这是不行的,要大雨。"

“你们转，我浇一天。”

“要大雨，龙口干，这样不行！”

大妹稍稍生了气，喊张嫂，拿大瓢出来。张嫂用大瓢浇，大妹还是用小瓢。

浇了一桶不够，还要第二桶。

到后又是第三桶。

到后舞龙头的人，看出用小瓢浇水的是上月装观音的人了，这发现，使他惊讶。

“这是观音，这是观音，你们看！”

大家都认出大妹是观音了。大妹害了羞，把瓢摔到地下跑了。孩子们撒起赖来，非观音再浇水一桶不行。站到石磴上口含京八寸烟管的是大妹父亲，先是不做声，看，这时他见到这些孩子们太放肆了，就走到水桶边来把水桶提起，把半桶水倾到做龙头的那孩子头上去。

在本地方，称人为美人，不说象仙人，是只说够得装观音菩萨的。

大妹的确在那年五月清醮曾装过观音一次。

二

生长得标致苗条，是有理由给本地方老太太们以“太好看了只怕短寿”那样批评的方便的。但不消说，凡是老太太们说的话都是罔诞的话，见到了大妹，是无一个老太太不想把她娶过家来做媳妇的。

本地方小孩子，是也以把观音定做未婚妻为乐事的，所以在家娇养一点的孩子，遇到家中问他是不是愿意要观音做妻时，纵红脸走去，不愿答应，但心中已十分满意了。

过了十年，这观音便做成了一个老太太的媳妇、一个青年汉子的妻了，结婚情形一如本地风俗，杀猪挂红，摆席请客，两个吹唢呐的人穿破烂红彩衣服，歪戴起插有鸡毛的执事帽，坐到门外，睁着仿佛发了瘾的眼睛，在每一个客人进门时节都鼓胀了腮帮，吹他那一套庆升平欢迎调子。

大妹的丈夫呢，是当年舞草龙头那孩子，如今正赶中学毕业，把太太娶来，凑成双喜，结果使自己忙得不成样子，把家中人心中各塞满了幸福。款待客人，用了将近一千块钱，得了一堂屋红绸红纸喜幛喜对，来的客人不曾吃酒，无事作，就把赏鉴这礼物当消遣。

十年来国家换了无数坐朝的人，本地方也影响到了闹房比先前更坏的样子了。虽仿佛男女皆为新时代人物，当晚上，丈夫当年的同志，想起了往年的事，还是非逼到做新郎的仍然做草龙的头让新娘子泼茶到头上不可。这高雅的游戏还得了少数上了年纪而有童心平时以礼教自持的人的赞助。一切作过，客人应当感到无聊了，这观音才能同龙头对面坐下。观音坐在床边，大的新的木床，漆的颜色是朱红，在新人背后是叠到六层红绿颜色锦被。

她不害羞,不怕,是因为在数年前定下婚以后常常见到的缘故,他在联合中学念书,而她也在坤范女中上课。但她有一种拘束,她明白这不是一个平常日子。

他问她:

"倦了没有。"

她不做声。

"你今天真象观音。"

她不做声,笑。

"累死我了,一些讨厌东西。"

她又笑了。

"笑什么?"

她低低的说:

"我笑你作龙头那年,被爹把一桶清水倒到头上打发出门的事。"

"是正因为那天才有今天的。"

"那时你是一个小痞子。"

"你今天才真是观音。"

她不做声,他又说:

"观音下凡,你想我多快活。"

"我只怕因为成天在你面前,就是活观音也有使你厌烦的一天的。"

“蜡烛还燃，我可以赌咒。”

“可是今天还不是赌咒的日子，不许说这样话。”

“今夜只许说你真好看，我知道。”

“说谎话骗自己，同说谎话骗人是很少分别的。”

“我是在骗我自己么？我不承认！”

“凡是这时否认的另一时都会自然承认。”

他不说话了，心里有点微寒。

她看到他情形，心中好笑。

过一会儿，她自言自语说：

“一桶水还不够，一瓢水就痴了，还要赌咒！”

“我真不是了解女人的人。”

“不了解女人的人，不一定是不好的丈夫。”

这就轮到他笑了。

这丈夫，当真是缺少了解女人的天才，而在过后生活中不失其为好丈夫的。

新妇的美丽成为本地人品评女人谈话的标准。

能够在丈夫跟前做一个好妻的人，照例算不得一个家中好媳妇，所以他们结婚一年，丈夫在××升了一个会计学校，这观音也随了丈夫在××住下，与家中分开了。两方面家中都可以每年供给一点钱，所以他们到××后日子过得并不很窘。

因为没有小孩子累赘，她到××也进了一个女子中学读书，白天上学，晚上仍然回家来住在一处。可是到丈夫从会计学校毕业以后，不知何故她还只是中学三年级学生。丈夫旋即被那亲戚介绍到信托公司做职员，她率性就不再读书了。

生活的转向，是为了丈夫的事业。丈夫一有了事业，她一出了学校，便常常同到一些同事的太太们过从，照例这些太太们是除了养孩子管家以外，每天都得邀同伴四位打一点麻雀牌，她因此到了××数年以后，性情变成与一般太太们一样，把出嫁时聪敏女儿心情完全消失，成为过着平常日子也似乎非常幸福的妇人了。

丈夫虽有时也察觉到象结婚一年中妻的可爱处已无从找寻，但这是谁的过失？而且他，这在事业中只知道安定为人生幸福，每到月底便往公司会计股签名拿薪水回家的好丈夫，所需要的也就正是一个目下情形的主妇。她是正如应他的需要，把自己成为那样各处全不难发现的妇人型的妇人了。

本来是清瘦的她到后是稍稍显得肥胖了。

在平稳生活中过着日子的他们，所有可以间或稍稍扰乱到心上的只是缺少一个小孩。在××的几年中大事可以记下的是她的父亲死了，妹出嫁了，使她有时想起在远处生活的母亲因而流泪。不过纵有流泪的事在生活中搅扰，她没有办法可以使丈夫在某一时节不带笑的说“你真胖了”的。

三

某一年，家中还只是两个人。时间是冬天，××落雪，雪特别大，每天早上丈夫出门都得用皮领大衣蒙了颈上车，她在这样日子中只成天在家中炉子边烤火，因为天气太冷，出门打牌也不常有了。

在这样大冷天气的一个星期日，丈夫不办公，也不出门，两人围炉谈了一些小绅士所知道的范围以内的闲话。然他想要邀她到一个城南的××公园去玩，她也正有这样意思，就穿了她缝就不久的新狐皮外套，两人坐车到××公园去。

这次出门带了一个意外的欢喜回家，在园中看梅，他们遇见了一个人。这人是在当这夫妇结婚那一年吃过喜酒，把时间再回溯上去，又是某一年热天扎草龙求雨时舞过龙尾的。他们是老朋友。没有遇到他以前，这夫妇不知道他在什么地方去了，他却也没有听人说到这夫妇是在××。他才来××不久，还没有从别处打听到他们住在此处的消息，无意中，在公园却碰头了。

当时这夫妇是不认识他了的。他倒容易认得到这夫妇。因为他听到他们说话，看到他们的脸貌，还有一些痕迹可以找出这过去两人的轮廓，他冒失的打了招呼。

大海中的叶子，因为风也有飘在一处的时候。他们是同叶子一样晤了面聚在一起的。

当天这夫妇就把这客人款待到家中。客人原来是从哈尔滨一个机关派来往××,作为办事处代表的。各人道及一切,各人才知道过去近十年来的事情。在客人眼光中,主人夫妇,已仿佛完全不是印象中的夫妇了。然而对于她,客人当然是另外就感到一种亲昵又另外感到一种惆怅的,因为客人还是独身,在这一个家庭中当然有一点反省的惆怅,这惆怅又似乎只是主人所给,而从主妇方面作客,可以取回。

在客人面前,这做主人的处处显示好丈夫的风度,客人为此总有点不安。他虽然是同他们吃饭谈天,他想到一些事都据说是聪明人不应想的事。他依稀觉到这女人已没有保留在他印象中的完全,对于美人迟暮自不免兴一种感伤,但他若想想他自己,也到了一礼拜不修脸就不成样子的人,他就觉得未来生活渺茫,把自己安顿到一极可笑的故事的拟想上了。

那好丈夫在晚上把客人陪送到客人自己的住处回来后,还是同她谈客人小时的故事。因为这故事,半是丈夫自己的,一半是她很高兴议论到的,所以她没有把他的兴味减少,还帮助了他一些记忆。

谈到草龙的故事,丈夫说出这样的话:

“当年他赌了咒,说不把你讨到家中不是人。我同他在路上还谈到这个话,他笑。他当真没有结婚,但当然不是为你。”

这话是附到被她浇水以后草龙出门时说的。在丈夫的感觉上,世界上完全是好人,朋友则是好人中的好人,说到这话,不过是间接证明这好朋友的可爱罢了。一个不懂爱情的人虽结婚多年，对于恋爱的知识，是正如药剂师对药瓶间的知识一样，知道药可以使人生死，却并不很分明医理知道某类病人所需药的分量的。

她呢，她听到丈夫的话也只有笑。使未来的生活陡临断崖，惊心怵目，她不能负多少责任。一个女子是在给与，她是在尽了丈夫所给她爱情的力保护自己，到后也给了她所能给的给丈夫这朋友了。

"他不应当说这种话。"在过后，她虽没有把自己所作的事责任推卸到丈夫所说的话上心思，但若他不曾说过前面那故事，她为保护自己，会比她所能做过的还见坚定。客人到后来其所以与她作了些任性的事，直到留下这污点——一个小小生命，仍然不是她一人的罪过！

四

好丈夫不在身边，家中只有客人同主妇，这是每天的事。

时间是春天。

春天的下午。在客厅中可以望到院中的丁香，还可以望到新绿的草木，也嗅得到土的芬芳气息。

似乎因为客人的缘故她比起往日来年青了许多。这青春的回复，是客人同丈夫皆已于无意中发现，而自己在一些琐碎事情上感到趣味也可以作这证明的。

客人每天来谈话，在家中等候那好丈夫从公司回来，一同在家中吃饭，或者一同到公园去消磨美丽动人的黄昏。

在女人心中客人所占的位置，从客人方面已觉得与“客”稍稍两样了。

但客人为受过高等教育的人，不缺做人的理智，热情的控制，有时说来真还可以使人佩服。象客人性格那样的男子，却并不是世俗所谓走冒险路径的男子。如果不是这好丈夫，他是不至于忽然失去这力量，可以在生活上始终保持一种可尊敬的谨纯印象给所遇到的一切人的。就是任何时候，这好丈夫，也就从不至于对这朋友人格有所疑惑，他没有想到这个朋友是做得出惊人事业的朋友。他见到朋友的拘谨，有时觉得很可怜，还劝过她应当在一种亲洽中把这朋友的拘谨除去才是。他这样说时不消说是见到她的窘态，还以为自己的话没有得到女人的了解，很可惜。他料想不到的是他们同时把他没有提及的也做到了。

因为单是两人谈话也成为每日的事，所以所有可以谈到的话在他们之间是无有不谈了。他们谈到生活，谈到各种各样的生活。他们谈到生活的意识，与社会意识，以及个人对生活的态度。他们把旁人的生活引为谈话的主题。他们有时又谈到婚姻在每一个人身上所有不同的意义。两人正因为似乎得到丈夫的信任，所以本来应稍存节制的地方也没做，到某一时候，两人才吃惊似的互相各自检察自己，所发现的却是单为了这苦痛的担负，各人皆没有否认这恋爱的勇气，终于不能自拔一同下沉到一个深渊中去了。

直到经过这孩气的行为顶点以后，两人再互相各自检察自己，又才觉得他们都不可补救的破坏了一些东西，在生活上生出了一个见不到的罅隙了，他们就带着悔恨，仍然更放肆的过了一个春天。

做女人的负荷照例是较男子为多，她在未得到以前就知所得的不是谅解，不是热情，将只是一些空虚。没有证实这空虚时，她曾用了各样的力救拔自己与罪恶分手，保全自己的灵魂。她这样作过，她其所以终于失败，还是她那丈夫。天下事再没有一个丈夫比缺少妒忌为害事了，他的大量只是推她与自己远开，与另一人接近。她当时只要丈夫能稍稍节制到自己，她就不至于同那朋友在这火边戏弄为火灼伤的情形中了。

当她把关于本身近月来所得到的影响告给那入幕之宾时，那人象是第一次才想到好丈夫。为好丈夫着想，他心中燃烧着惭愧。他没有话说，但慌张的地方终不能勉强掩饰。

她看到这情形稍稍生了一点气。

"做男子的人，有用处只是在第一次要女人顺从他作那呆事，到以后，本来是十分聪明的情人，也变成庸俗自私的汉子了。"假如她这样子说。

"你骂得对，我是无用处的。"他就将这样答应她。

"以我想呢，你如有胆量就把我带走。"她这样想到，可不说。

"我未尝不可以同你走去，但那好丈夫并不与你有理由分手，而且我敢说，你爱我只是一种游戏，不过一时兴趣。至于他，那是你们互相爱恋的人,他是使你在世界上知道幸福的丈夫。"这男子,他也这样想过的,他想的实在不错,他的思想虽有一时近于糊涂,如今可正确了。

全因为是人太聪明了,至少是到这个时候人忽然见出聪明的必需了。为了另一生命的存在,他们都在所经过的春天认了过失;他们都追悔,都全无主张,呼吸也非常窘迫那样沉默不语。

到后她就冷笑,他望到她笑却不问她。

他猜得出这冷笑意义。他感到破灭的悲哀,好象看得出起先是两人同时下沉,如今却两人皆停在悬空,相距渐远,再迟就会不见了。他估计了一会儿,截然的向她说道:

"原谅我,这是我的过失。我缺少顽固,所以不能同你作那永远一处的打算。我这时觉悟了。你为我为他都好好保重。我要走了,于我们大家的利益着想,只有这样一个办法是完全办法。"

她思索这"完全"的意义。她没有说过一句把他留到下午的话。她用很凝静的眼光望到这个人的瘦脸,到后,返身把头伏到沙发靠背上去了。

他以为她是在流泪,重复用那已成习惯的爱抚去安慰她,没有话说,用手摩她的头发,她抬起头来仍然凝静望他。

"我的主张是你痛心的原由么?"男子说后自己也沉入了悲伤状态中。

女人说:"没有这种事。"她又在心上说:"你们男子,每一个男子都不缺少这种机智。”但她没有把这个近于讽刺的话说出，她走到窗边去看花，就说：“谢了。一定的，结子缀在枝子是将来的事，也是眼前的事。”说了，很凄凉的叹着气。

那男子，仿佛想在这一句怨诽言语上加以自饰，他说：“全是风。”

女人不应，也听到了。她只对于这话照样了一遍：

“全是风。”

两人于是哑静了许久。仿佛同在思索那另一时节的“风”。仿佛都明白风也成为过去了。

男子想走，不行，他知道自己如是走出，剩下的她必将用流泪的眼迎接从信托公司回家的好丈夫，他们的事必定反而复杂棘手。他就坐在那大椅上等候好丈夫回家，他一面思索，如何可以把两人间的间阻除去。但他不久仍然走了。

…………

他离开××了。她能了解他。出于他意料以外的，是她竟在好丈夫面前如何把他行为近于露骨处加以遮掩，而她在丈夫面前，又从不流过眼泪一次。她明白忏悔完全是一种仍免不了孩气的行为。为了求一些爱她的人安宁，她尽她所能作伪的力把惭愧隐藏于心的一角，才是不贞的妻对于好丈夫所应做的事。

过一阵她告了好丈夫一个喜信，他陪她到一个医生处去检查，因这喜信得到医生的证实，丈夫的行为处处更使她看来可怜。

这未来的父亲对这未来的母亲说的话，商量到的事，以及在小孩子身上作的空洞的计划，都使她只能用极难为情的苦笑作一陪衬。在痴呆与容忍两事上作一观察，这两个人皆在一种极伟大的生活中过了一些日子。

五

这孩子，赋了一个特殊名义活到世界上了。

她为了孩子，为了孩子的父亲，做她所应当做的，慢慢的把那过去的事情忘去，纵有时想起那人时也不至于十分难堪了。

稳定的事业，贤惠的妻，玉雪的儿子，使这父亲感觉到生存的幸福。凭这理由他就发起了胖。

第三章

一

母亲自从有了孩子以后，便把做母亲的职务折磨到自己，虽丈夫经济情形可以雇个奶妈，但她另有意义不愿意把孩子交给奶妈手中。

她从孩子还在腹中与那客人分手以后，便无那人的消息。那人似乎为了一种男子们所能做到的忏悔过着此后的日子，所以她，最合理的应取的手段，也就是把这男子忘掉一种事可做了。

她是借重孩子同孩子父亲,的确把过去的事已经渐渐忘却了的。一年来她做了母亲,凡是一个母亲必需的温柔慈爱在她全不缺少。她爱孩子,用完全的不折不扣的爱。她做的事总使那父亲高兴,使家庭空气良好,而自己也能从种种行为中找到一种新的依据。

把已作过的事当做苦恼的根源,而又时时从这源头挹取苦恼,这是近于太聪明了一点的妇人的事。至于这母亲,她并不是这种不知做人意义的人,所以纵有时把这个黝迹发现,但即刻也就用别一种东西掩盖过了。

就是孩子得到外祖母从远处寄来礼物,父亲从朋友处过夜那日子的第二天,父亲回家,当天放假,不办公,陪了母亲坐到客厅中逗孩子。这母亲就象完全忘了前一晚的事情那样,同孩子的父亲说到孩子的未来。

她是正因为父亲喜把孩子作说话主题,所以才这样作的。

母亲希冀孩子长大做军人。她的见解不是父亲明了的。她说:

"让他从军,习军事,当兵,都好。"

父亲奇怪这样提议。他反对。

"这为什么。我的儿子不是为那些军阀养的。"

"我是为他想出路。"

"出路是读书。我要尽我做父亲的力,使他受完全教育,有机会做较高尚的人。”

“你只觉得有知识是高尚。”

“为什么我们不能这样讲?”

“我近来心里总古怪,以为不当军人也得做工,一样可以多懂。”

“你要他多‘懂’,也不一定是做工就对。你瞧他那神气,简直是我一个样子,将来只恐怕仍然还是做父亲的事,有好太太,享福!”

她很痛苦的说:“享福! 有好太太,儿子,完全的家庭,这是每一个男子都需要的。”她说完了就笑,她的笑,混合了讥讽怜悯的成分。她把本来还应说的“但不是每一个人都得到的”咽下去了。

那父亲见到母亲这样子,倒乐了,他说:

“素,你是在嫉妒我的幸福,你真是有小孩子趣味的女人。你想想,我为什么不应当在我生活上感到完全? 我为什么不乐观?”

她心想“完全!”她只咬咬嘴唇。

他停了一会儿,自己干笑。他看到了她一点不高兴处,照规矩估计了一番,以为是猜对了,又自言自语的说道:

“他们羡慕我,你反而来嫉妒我,很有趣。”

她不做声。他望到她那不做声的样子,以为是因此使这母亲难过了,就更好笑,直到眼中出泪。这父亲是太忠诚了。他那胖,同他那由胖子而出发的憨处,都使女人感到一种说不分明的痛苦。

少年夫妇象六月的天气,因为热,变化多。母亲是本来想同他说一些关于孩子的话,希望遮去自己心上阴影的。一谈到孩子,那父亲言语同态度，都近于推她不得不回头望她所走过的路是怎样一条路。她又不愿自己这样在心上独自痛苦，她又不能使这痛苦与丈夫分担，她就问他昨天晚上怎么样，好让这父亲也有一个机会记到他自己完全中的微缺。

“我昨晚很痛苦，”他说，说时是一点也没有痛苦的意思了。“是因为你的脾气，我难受。我知道你是想起你的妈，在乡下，老了。寂寞的老人，想来是太可念了。你是那种想法，你所以哭，讨厌我，我很清楚！我知道你过一天会好，是不是？你是有时太任性了一点，可是我了解你，我不至于十分难过。我们孩子长大了，请想想，那外祖母多高兴。”

她说：“我昨晚上哭了好久，正是想起妈。如今我不哭了，好了，我知道许多事哭是无用处的。”

“是的呀，我早就知道这个。同事中也常谈到这个。我以为爱烦恼只是自己以为是聪明人的情感，其实人再聪明一点呢，他是会明白，只有笑在生活中是必需的。”

说这话的他，是不曾在生活中言行矛盾过的。他过去这样，眼前这样，未来也没有不这样。不过什么时候他要真正知道了她，恐怕他就不能这样了。他这时对于自己所说起的真理，很起了感动，就用孩子的态度，睁目问孩子：

“奇，小痞子，你以为怎么样？”

小孩子见父亲作猫样子给他看，乐得发欢，随意乱叫。

“嗨，你是爸爸的同志。你瞧你那一副神气。你懂我的话。是的，我们应当笑，爸爸成天笑，妈也成天笑，宝宝就长大成人了。”他回头向母亲，“孩子明白，这小东西聪明得很，他一定明白。”

女人说：“是的，他一定明白，你也一定明白。总有那样一天……”

他听到她这话虽稍稍惊愕，但即刻又转向小孩子，同小孩子说：“妈妈是因为你反而常常同我生气的，这个我可不明白！”

她承认了她同他说话的计划只有自己失败，她就哑了口，尽他用一些听来很可怜的蠢话逗孩子发笑。

这父亲看了孩子又看孩子的母亲，他的快乐的分量不是天秤可以称量得出的。

二

这母亲过的日子与许多心上负疚的妇人过的日子一样。她先是想用说话救济自己，以为这是各种方法中最好的方法。到后是因为一说话反而还给了那触着伤处的方便，她便成为凝静沉默寡于言笑的人了。

不过，故意的多言，与自然的沉默，这分野，在这好丈夫眼中是完全看不出其他意义的。他常常自谦似的说自己原是不了解女人的人，然而处处他有着那“孩子母亲只有我知道”的自信，这无害于事的自信，把这个人安顿到完全的幸福中，好象他除了感谢命运以外，便没有其他事情可做。

他说的“我知道你脾气”，为了拥护这一点，遇到她不说话，他也就不强到同她说话。他在她身旁挑逗孩子玩，说那与孩子一般的痴话，他的话又象只不过说给自己听听，说厌了，打了几个哈欠，照通常胖子的体裁就躺在沙发上睡了。

母亲望到这好人的甜睡的姿态，想起昨晚的失眠，又想起自己还是这样任性，就在心上责备自己。

她想他这时做的梦，必定是与日常生活一般感到完全的梦。不错的，他常是这样放肆的做了一些好梦的。他常常梦到有了五个孩子，本来在日里他在她面前解释孩子男女的数目时，他当她说的还是男孩三个女孩两个，但做梦，却成为男孩四个女孩一个了。他又常常梦到成为公司的科长，加薪晋级，这应当是事实所许可的，所以醒来还曾拿这话同她说过，不谎不饰。

尽这父亲做梦下去，孩子不久也睡着了，只她清醒的守在这父子身边。她是永远清醒的人。虽然在白日里为娱悦自己她也仍然有她的梦，不过这梦都很少为未来的憧憬，只是故事的重现罢了。

她这时就梦到一个故事。在这客厅里只是自己一人，她正在等候一件命运所颁赐给她的衣裳，略略显得心焦。

人来了，一个不可缺少的角色，一个提到名字就心跳的人物，她用了近月以来在丈夫许可以外的热情款待了客人，使客人坐到丈夫现在所睡的沙发上去。

他们说话。似乎是她这样开始：

“昨天回去怎么样？”

“……”他用一个微笑作这追问的答语。

她没有得到满意的答复，稍稍有点不放心。她站起来走到壁间去检察那钟，就是现在还是每日任何时候也没有偷懒停止过下垂的摆的那个挂钟。她接着又看花瓶的花枝。他赞美了花。他在她面前说：

“今天的花比昨天好。”

她用着非恋人不懂的两重意义答道：

“今天的人与花相反。”

他笑，心想，“女人的聪明到底不是男子所及。”到后就故意说：

“这个话，使我不能补充和解释，我是窘倒了。”

她不相信，不承认。“什么也没有可以把你窘倒的事。被爱情绊脚的男子，是爬起以后就全无痛苦走上他自己的路的，你也是这样的人。”她就这样想到，筹对付这在诡诈中躲闪的男子。

他呢，似乎是男子中的男子。话的解释是说他完全象某一种人，暧昧的欲望推之向前，理性的绳索又拖之向后，他不用力袒护谁，就徘徊在这歧途，看风转帆。他永远是冷静的，同时又永远是糊涂的。他放弃了男子的权利，然而又处处不忘到女人的好处。他知道在某一情形下局面便成为惊心动魄的局面，但他怯于这风波，便不把自己作成不可少的人物。他有攫取的野心，可并不伸手。他想借重那好丈夫的友谊保护自己，但他同时也正就利用这友谊使自己与她走近危险的井边。

他们都知道的是各人都负着下沉的责任，各人都很苦闷，都想从敷衍中把时间延长，来一件意外事帮助他们与罪恶离开。

她看透自己也看透他人。她那时想起了好丈夫的说话，她问他。她说：

“我听说你赌过咒，要一个人做你的妻。”

他就红脸了，可不分辩，答应道：

“是的，有这样孩气事情。”

“我觉得不算孩气。”她那么说，给了他接下说话的机会。

“不算孩气也完了。”

“完了么？”

“完了。”

“……”她不说出口了，她向他笑。她用笑摇撼他的心，使他感到大海中波涛的汹涌，头目眩晕。

她有意这样作，凡是一个女子所取的手段她也取了，并不是她的过失。

他经这一笑便如中了伤的兽，只能用极可怜的眼光瞻望四方。他已作着近于下跃的姿势；还不乏希望救援，所以曾走到门前又返了身。

“我走不去了，你看到。”他意思象如此向她解说，他是笑非笑的走到她身边去。

她一瞥,急急到屋角一个圆椅上坐下了,她也有点忙乱。

他仍然向她走去。到后是坐到沙发上了,到后是人全糊涂了。

“你还要再孩气一点么?”

“是的,不孩气不行。”

他们就这样做了一些体裁极新的事情。

他们就放肆了一会儿。在较后一个时候神气沮丧的情形中互相摇头无语。

他应当等候那另外的他回来,也不等候,就走了。

她怎么样呢?要明白的她已经明白了。她把一些理合吝惜的东西在兴头中慷慨了。她有一种悭吝人第一次挥霍以后的痛快情绪。她似乎在一种勇敢行为中休息,还可隐约听到喝彩的余音。她到后,就想起了那另外的每日夹了大黑皮包到下午四点回来的人,伤起心来,强项不去,所以不顾一切恣肆的哭了。

…………

她的梦比孩子与孩子父亲先醒。

她走到孩子摇床边,望到孩子的安详的睡脸,把一滴忏悔的眼泪落到孩子的小手上,就忙用口把这眼泪吮去。

她清醒的守着这两个在她看来似乎不幸的父子。

三

一个平常的女子，常常陷到矛盾的自谴中，又常常为一些无益于生存的小事难受。她也是这样的女子。

她哭，她笑，她做一些看来似乎够荒唐的梦就吃惊，但当到把自己置身到那荒唐情境中时，又很感动的几乎还天真的扮演了那一角。她是没有可疵议的，因为世界上女子全是这样。她也没有特别使人可以称赞的地方，因为她对付事情并不与其他女子两样。许多妇人在环境中成为可作闲话的材料，这母亲，在她的环境中，也就把她成为这样一个故事的中心人物了。第二天，她沉默得如佛。她正因为沉默反而得到清静，不说话，也就不再听到那做父亲的提到孩子的种种了。不说话，她只是不让这父亲提到孩子而已，她自己却没有把孩子放下。

她没想到将来，孩子那时长大成人了，对母亲的事微有所知，那便是……

她又这样想："父亲会代为辩护这不可信的消息。"就笑。

哭，笑，心跳，红脸，在不可数的反复里，孩子是一天比一天长大了。

此集作成于一九二八年春

第　　四

前年在北京时，我曾在一个作客的筵席上，遇到一个饶舌的人。这个人那时正从山西过北京，一个又体面又可爱的人物，在××人最粗糙的比喻上，说那人单是拿他的脸，或者一张口，或者身上任何一部分，放到当铺中去，也很容易质到一笔大数目款项，原是不为虚誉的。吃过了饭，我们坐在东兴楼那北房老炕上，随意喝茶吸烟，又一同欣赏壁上所挂的齐白石山水画，这朋友就谈了许多画家与作品，谈得使在座的人无不欢欣，因为一切话皆说得非常中肯，非常有趣味，本来即刻应当回府的我，也不能不为他那俊辩雄谈所影响，脱身不得，到后外面可落起雨来了。

今年八月间在上海，又无意中在一个朋友处遇到这个人，因为是旧识，虽仅仅是那么一面，但这朋友竟非常痛快，一定要我跟到他过杭州，看浙江伟人所提倡的国术比赛。我告他说去杭州未尝不可，但我决不花钱看他们比武。他笑了，他说，我们难道当真去看比武么？在北京天桥丢三个铜子到圈子里，看一次摔角，还有人搬板凳请坐，我早看够了。我只是邀你去那里谈谈天，我们一面玩一面谈话,我可以说几个很好的故事给你听,你一定能够把这故事写下来,成为一个小说。我想了一会儿,看到这朋友又诚实又孩气的脸,虽然那时正在为一种债务所逼,非赶急整理一些文章不可,到后就仍然答应他了。我们是十一号的八点快车动身的,到了西湖就住到内湖的新新旅馆三楼。从上海北站一上车,这朋友就谈话,过松江就说鲈鱼,到海宁就说潮,下了车站就又谈各地方关于检查的差别,跳上人力车又说各地方的车子的性质,落了旅馆又说天津南京苏州广州各处旅馆的故事。总而言之,这人的口若非常有一点东西来塞住它的时候,他的话是永远不会停止的。他即或吃到一口汤或一口香蕉,那仍然也不至于妨碍他谈话的方便。我是在许多人事上皆发现过“天才”的,但在谈话上,只遇到这样一个奇怪的人。

到了西湖,正是杭州人赶中秋节的时候,据说赔了钱的那个博览会快要开幕,从上海方面来的人较多,湖上也忽然显得比七月间活动了。我同那个朋友,就按定了我们在车上时所说定的计划,白天爬山晚上坐船,另外一些时间,就用在湖上公园一带来去,看那些坐船游湖的人。

我们先已经说定了的,到一个好地方,必须留连休息时,就听这朋友说一个故事,我就用铅笔把大体记下,以便在回到上海时删改。在朋友的健谈中我总是飕飕的在我那记事册上画上一些符号,我还常常利用一种小小的停顿,抽出一点时间,来为一个游人的俏脸或知客僧的圆头，作一种很诙谐的速写。存记到在净慈寺的后殿，朋友曾说了一个近于鬼魔的故事，在烟霞洞旁他说的是两个轿夫的故事，在虎跑他告我另一朋友投水被人救起以后的情形……差不多所有好地方这朋友皆说了一个好故事，所以本来应当即回到上海去的我，到后也同意且留到西湖度过一个中秋的提议了。

朋友是一个饶舌的好人，可是这饶舌的方向和嗜好，却在三天内为我看明白了。以一个那样年青那样体面的人物，谈了三天话，尚不说到男女恋爱的故事，这个是我从来没有遇到的。有些人是一见面说过三句话，就会把话引到男女关系上面来；还有些人除了说恋爱就没有话可说。我这个朋友，那么适宜于与女人纠缠的性格，倒象本身是有一种隐疾，灵魂也同时有一种隐疾，才不能在男女事上感生兴味了。因为我觉得有一点不平，有一点“岂有此理”的疑问，所以有一天，我们到玉泉看鱼时，坐到那大水池边，掷大饼给鱼吃时，我就问他，为什么从不听到一个女人的故事在他嘴边逗留。朋友就笑了。过了一会儿，朋友不说话。

到后他说：“你看这鱼！”

我以为他在作一种遁词了，就道：“我不是问鱼，是问女人。”

“正是女人！女人就象这里的鱼，一尾一尾排列这水池里，作各样颜色，在各种颜色中若我们欢喜那一种，掷一点面饼，就过来了。有面饼，又当鱼是需要面饼的时候，我们只嫌鱼太多，不容易选择,难道会有失败的事么?”

“鱼恐怕不大同女人!”

“有什么两样?我倒欢喜听听你这个大作家的妙论!若一定要我说出它的不同处,我只好说女人比鱼还容易捉到手,养鱼要许多的活水,对付一个女人,却并不需要许多爱情。”

“这个话或者是对,我就无条件承认了吧。只请你把故事说下去,且告给我你的故事中的女人怎么样;我要听的是‘实在的现状’而不是那‘抽象的评论’。我实在愿意尊敬你是一个对女人的英雄,因为你并不缺少英雄必具的身份。”

“好,你这样会说,我当然要告给你一点。”

“莫说一点,说全部。”

“可是你错了,全部是有时间限制我们的,你瞧,这时已经四点半了,我这对于女人的故事说五天也不会说完!”

“那你就说一个最动人的,我来记录。”

“你得相信我这故事的真实。”

“我完全相信。”

我开始把那一本记事册搁在阑干上,静候我这漂亮朋友的开口。

下面这个故事就是玉泉鱼池旁所说的,因为到后把故事编号,所以就列到第四。有些话不是一个人口语所常用的话,那只是我的记录的失败;有些话稍稍粗野了一点,那是我保留那朋友一点原形。这故事我应当担负那不良的批评,而让好的奖誉归给那个一切体面的朋友。

他说——

我不欢喜谈女人,那是你所知道的。但一个最好的猎户,决不是成天到大街上同人说打虎故事的打虎匠。一个好厨子只会炒菜。一个象棋圣手或者是一个哑巴。这是什么缘故?他们都不须说话。我懂女人,何必要拿这个话各处去说?即或是我的特长,是天赋,是可骄傲的技能,我也只能运用这技能,取到我分内应当得到的幸福,所以我从不同谁提起,也从无兴味说到这些事情。

若果我这个故事说出来对人有一点益处,我也不会吝惜不说。一个厨子是可以告人怎么样在火候以及作料上注意的,我这话比炒菜复杂得多,所以说也无大效果。

不是说瞎话,我是天生就一种理解女子的心,凭了这天赋到任何地方总不至于吃女子的亏的。我觉得天下的女子没有一个是坏人,没有一个长得体面的人不懂爱情。一个娼妓,一个船上的摇船娘,也是一样的能够为男子牺牲,为情欲奋斗,比起所谓大家闺秀一样贞静可爱的。倘若我们还相信每一个人都有一颗心,女人的心是在好机会下永远有向善倾向的。女人的坏处全是男子的责任。男子的自私,以及不称职,才使女子成为社会上诅咒的东西。你瞧,近来一些男子,一些拿了笔在白纸上写字做故事的文豪,谁一个提到女人,忘记了凭空加上一些诬蔑的言语?所有的诗人,在他作品的意识上，谁一个把女人当人？我们看到他们那种对女人的赞美，那谬误的虚谀，同时也自然就看到他们的失恋忧愁或自杀了。他们把女人当神，凡是一切神所没有的奇迹皆要求女子的供给，凡是神生气的事皆不许女人生气，正因在某一层阶级中有这一类男子，或做诗或不做诗，所以女子也完全变成可怕的怪物了。

我不是对女子缺少尊敬，我不过比别人明白一点，女子在什么时候用得着尊敬，以及女子所能给我们男子的幸福的阔度是到什么尺寸为止。我把女人当成一个神，却从不要求她所缺少的东西。我对于女人有一种刻骨镂心的嗜好，但我的嗜好是合理的，不使女子为难的。许多人都说女人会说谎，这些蠢东西，不知道他的要求如何奢侈，如何不合理，女子既然没有那些出于男子口中的种种，她不说点谎怎么把事情做得完全？

我听到许多男子皆说到“相思”或“单恋”这样一些古怪名称，说是一种使人见寒作热的病，一种使人感到生存消沉的厉害的病。真是奇怪的事。为什么有这样使医生也束手的病？不过是无用处的男子汉，在他无用的本分上，取出一个要人怜悯的口号罢了。天下大概是真有一种男子，就是纵见到一个放荡的妓女，在他面前用最猥亵的样子告他怎么样可以用她，这男子也仍然还是要害相思病的。正象天生有一种人有这样一种病根，那是一匹阉割过的雄鸡，是除了喊叫而不能够做其他事的一种人。我是永远不害这样病的，我只要爱定了谁，无论如何她总不会在我手下滑过。

我并不比别人有值得女人倾心的社会地位，并不比别的人钱多，我样子也并不是完全中各种妇人意的体面，让我再说一句野话吧，我气力也并不比起许多人为强壮！同一个女人相爱完全不是需要这些的。妇人中有欢喜水牛的怪嗜好妇人，可是多数却全不在乎此。一切的夸张，常常只是一个笑话，对这夸张感到完全的妇人真是少而又少！我还从没有见到一个妇人选择男子，是照到男子们所猜想的标准下手的。大多数的女人需要男子，她们是同吃饭完全一样，只在方便中有什么就吃什么的。在吃饭时节，我们是还没有听到谁因为菜饭太坏，打过碗盏的事，事实也总有欢喜丢碗碎碟子的人，那是必定有一种原因；或者是娇养惯了的小姐，或者是吃饱了伤食，或者是害别的病受了影响，所以脾气就坏了。但是，就象这些人，饿一阵，她也仍然很随便的下箸了。我所知道的，是妇人对别的事或者不通融，对男子是一点不生问题的。

为什么我们常常听到把一个美妇人比作冷如冰雪？那其实却是男子的过失，男子的蠢同男子的自私，美妇人才常常为一类最坏的男子所独占，而且能够贞静自处。任何一个美貌的女人，是都很愿意(或者说不拒绝)有几个在身心方面能供给一切愉快的男子作为情人的，全是男子太不懂事，太无耻，还有的就是男子太象一只阉割过的公鸡；徒有金色炫目的毛羽，徒能扮戏，使女人感到快乐而不受拘束，总办不到，所以许多本来天生就一个放荡性格的女子，在这种社会上也变成圣洁的妇人了。女人在恋爱方面需要的原是洒脱,一个已经懂到数一百小制钱不会错误的女人,就明白在男女关系上应当作一种打算,若果是在情欲的悦乐账上支下过多痛苦的息金,那她们自然是不干的。但是如这事情是一件洒脱不过的事情,她们就找不出理由拒绝同你恋爱了。我们所夸奖的女子的长德都是不得已的委屈,所以我们不要太把能够保持这长德的人加以不相称的敬视或畏视,若是爱了她,你只要把“我是最洒脱不过的人”这一种意义表示得明白,她的贞娴自固的门栏,是会完全摧毁在你那一个态度上的。

我先是说到妇人是饮食一样的需要男子了,就是那样子,我们就来注意一下烹调,注意一下对方味道的嗜好,以及胃口的强弱。自然我们随时皆不能缺少处事恰当的聪明,我们要一种艺术或技术,我们不能缺少自信同自卑,不能缺少勇敢又更不可缺少软弱,总而言之凡是字典上所有的种种名词的解释,我们皆能够运用和理解,才是一个最好的情人。要耐烦、耐烦、耐烦,且得拿这一方面长处给那女人知道,到后纵是圣玛利亚也会对你含笑。你得把你当作一种蔬菜送给那女人,且必需尽她知道这菜蔬是她的蔬菜,那原因只是差不多所有女人都是一个自命不凡的厨子,有顽固的自信,以为若果这一样菜由自己意思煎炒,不怕她的手段怎么不高明,由她自己吃时总仍然心满意足,或者还觉得这蔬菜的适口,与到胃里以后的容易消化。你若要爱一个妇人,就用这种方法,使她明白你是她一碗由她意思炒成的菜,她因为不好意思,就也得挟你一筷子。

女人都差不多，倘若吃你的原因只是“不好意思不吃”，你就让她有第二个“非吃不可”的机会，到后是她就“非你不吃”了。许多男子是因为好象不愿意自己在女人勉强情形下被吃，所以永远不会得到女人的爱情的。所有害相思病，发狂，跳河，抹脖子，全都是那类不懂女人的男子做的事，这些人幸好是死的死去，发狂的发狂，都不会再麻烦女人了，若是尽他们永远在妇女们身边，女人真不知要怎么样受冤受屈。因为这样事许多男子都怪女人，这些尚未完全发狂的男子，不消说全是一些呆子呆心事，因为他们只知道用他们从老辈传下来一套对付女子的方法。时代既然不同，他们找不到爱情，就把发狂的机会找到了。他们也可以说不是想真心要同一个女子要好的人，因为无一处不是有许多非常多情的女子。这些男子只有一个方法，是使女人变成可诅的东西，这些男子自己就发癫狂苦恼，过着出乎上帝意想不到的坏生活。

有人说，女子的心象城门，关得严极了，到了那里大气力是无用处的，捶打终无办法，所以费尽了气力的男子才发疯变癫子，做出吓人的事。凡是门，有不开的么？不过人心上的门哪里是“打”开的东西？若果这里用得着“气力”，那门也是一种不必要的东西了。门是“拍”开的。凡门无有不可设法开，就是下了锁，也仍然是一种容易方便事情。轻轻的拍，用你口轻轻的采取各样方法去拍，凡是女子全身都无有不柔软如奶如酥，难道心子这东西会特别硬朗，抵抗得过既会接吻又能说谎的男子的口？

（这里我催促了他一次，我要他把故事说及，少来一点议论。）

是的，我莫说我对于男女的感想好了。好在年青男子永远是蠢得很的一种东西，受最完全的教育，得过教育部的褒奖，得过学位，也仍然不会了解女人。女人则又永远是女人，永远是那样子容易同男子要好，只要你欢喜，只要你觉得她什么地方生长得好看，中了你的意，你那言语行为放在一个恰当的表示上，她检察了一下，看看是有利益而不受拘束的事了，就会很慷慨的将你所注意的给你的。或者她也能够用那个本来只适宜于擦抹胭脂吃零碎与接吻的口，同你说话，告你她是爱你一点或全部。要紧的是无论如何你得相信她所说的话毫不虚伪。一个女子是永远不说谎话的，除非你处处行为上总明明白白表示不相信她的样子，又或者你原本是一个欢喜听谎话的人，她觉到毫无办法时节，才会按照你的兴味制造一点谎话。现代女子是只因为维护自己的利益，才象这样子很可笑的活到世界上的。她们哭泣，赌咒，欢喜穿柔软衣裳，擦粉，做怪样子，这些专属于一个戏子的技巧，妇女总不可缺少，都是为了男子的病态的防卫。男子们多数是阉寺的性的本能的缺乏，所以才多凭空的怀疑、凭空的嫉妒，又不知羞耻，对于每一个女人的性格皆得包含了命妇的端庄同娼妓的淫荡，并且总以为女人只是一样东西，一种与古董中的六朝造像或玩具中的小钟，才把这些弱点培养在所有妇女的情绪上，终无法用教育或其他方法，使女子更象一个与人相近的女子。

我奇怪世界上不懂女人的男子数量的吓人。他们中还有许多在那里毫不害羞的扮戏,充一个悲剧中的角色,而到结果又总是用喜剧收场。他们以为学问是帮助了解女人的一种东西,所以也常常用着他们的学问,谈新妇女的一切,又稀乱八糟写一点文章,或写点诗,这些男子就算是尽了他们做男子的责任了。他们爱女人,也就只是在一些机会上,给那所爱慕的女人一点麻烦,还不让女人有一个考虑的机会,或者说还不让女人有一个印象,他们先就在那里准备失恋发疯了。一个女人欢喜一个男子,这中意的情绪的孕育,除了在一个时间的必须距离外,还有的是应当培植到男子的行为上,到后来,才会到两方面恣肆的任性的一同来做一些孩气事情。但是我们所见到的年青人,就永远只知道一个打门的方法,永远用同样一把钥匙开那女人心上的门。女人也看新书,看新的诗集,明白体裁同标点,明白新的诗人形容女人的典故,就好象只是拍门的永远是那一把钥匙,所以不得不特意来制造一把锁,好尽年青人不完全失望的。他们倒近来是居然有人在这方面成功了,但是爱情转到这些人还只是扮戏。他们那种不健康的身心,离开了情欲的饱餍到玩弄风情,他们本来都不配恋爱,因为他们的了解建设在一个虚空抽象的倾心上。只有唱戏扮皇帝,才是可以由那些本来无皇帝福分的人上台,如今的知识阶级恋爱,不过是无数既不热闹又很勉强凑成的戏文罢了。他们是太监扮的皇帝,是假的英雄，他们连唱带演，也玩弄许多名词，使两方面互相心跳脸红，互相哭喊狂笑，到后就用一个至上的“精神恋爱”结束了一切惭愧，弥补了一切不可找寻的损失。

(到这里我是又催过他的。)

好好，我就不说废话了。故事中的废话太多，即或是怎样切题，你们总不大欢喜。不过若果是同女人恋爱，就是说当我们把一个“故事”归还给“事实”时，差不多所有女人，皆需要一种废话敷衍的。若果你们懂“心上空间”这一个名词的意义，你会相信这所谓心上空间，是只有男子的废话可以作成的。“多情的鸟绝不是哑鸟”，做一个情人应当学到若干悦耳的叫声，废话说得适当，恐怕将来所有的中国女人慢慢的就都不再会流眼泪，要眼泪也不容易象现在那么随处可得了。因为有些女子最先感到男子的温柔，是常常在一堆废话中拣寻出一个最合乎她趣味的话，把它保持到永久的。

我说那故事，莫再耽搁时间了。可是未谈我的故事以前，我得先告你一点我的心情。

我是不晓得什么叫失恋的。我要的我总得到。这个话说来不是使我自觉骄傲的意思。我不把这个夸张放大到熟人前面，因为说谎只是虚荣的维持，我是用不着这“恋爱天才”绰号的。我只是使你明白我身心的强健。

我的脾气是爱上了一个女人，我总能在一个最快速度内，使女人明白我在爱她，到后又使她知道我的需要，再到后是她就把我那需要给我的。我听不得谁说到某一美丽女人在极坏相极俗气丈夫身边安静过日子的事情，这些贞操我看得出是一种冤屈，同时感到一种莫可名言的悲愤，觉得痛苦了，我就非得去爱那个女人不可。我这孩子气的也可以说是侠气的行为，只象是向俗见作一个报仇的行为。且象是为女人施舍的一种行为，这里我是很有过一些牺牲的。听到这女人生活的不合理，我就找出一个机会来，把我这鲜明年青的身体，慷慨赠给这女人，使她从我身体上得到一种神秘的启示，用我的温柔，作一种钥匙，启开了这女人闭锢的心上的门，要她有一种年青的欲望的火，要她觉悟到过去一切的不合理，从新的获得上，发现那老公牛占有她是一种羞耻、一种切齿的冤仇。

事情是在××的那年，我在担任一个汞砂场的技师。有一天，到去市约四十里一个地方去找寻一个朋友，坐了那地方最不体面的长途公共汽车去。在路上我就遇到一个妇人，一个使我这人也大惊讶的美丽妇人。那个优美的在浅紫色绸衣包裹下面画出的苗条柔软的曲线，我承认这是一个天工自己满意的工作。那眼睛同眉毛的配置，那鼻子，都无可批评。这个人正象有心事样子坐在我的前排，我心里奇怪这地方会有这种妇人。从衣服及头发上看，我难于估计准确这女人的身份。我想这应当是我的灾难来了，我又应当在公司的职务上另外找出一个尽责的理由了，就存心看到妇人从什么地方下车。若果中途下车，我就随到下去，问问她是在什么地方住身，是做些什么事情的人。我平时是不容易对女人感到多少纠纷的，既觉到可爱，我就不能放弃这机会了。

但是一直到了最后一站，这人才下车，我就想做一点呆事，跟到这妇人走一会儿，且莫到朋友处去访朋友。但最坏的气运由我自己作成，没来之前恐怕不找朋友的住处，先一日曾写了一个信通知给朋友，这时朋友却正在停车处等候，一见我从车门处跃下，那在他身旁的朋友的长女，望到了我，就走拢来抓着我了。因为这小孩子一闹，因为携了小孩子走到朋友身边去，同朋友握手，再回头找寻，女人已经不知什么时候到什么地方去了。抱了小小怅惘的心情随了朋友到他的住处，同朋友夫妻两人谈到一些留在国外熟人的生活，看看就夜了。因为我照例不欢喜谈女人，所以我那朋友夫妇为尊重我起见，也不提到这小市镇的关于妇女的话。我也不破例，去把车上所见去问我那朋友夫妻。不过在吃晚饭时节，那在车站上迎接我的朋友的长女君子，忽然向她妈说道：

“妈妈，我今天在车站接叔父，又看到那穿紫衣的阿姨，美极了。”

“你又见她吗？你为什么不喊她？”

“我因为接叔父，所以忘记了。那真是画上的美人。”

君子只是六岁的一个小孩子，提到这美女人时居然也不缺少欣羡。

我就问朋友，所说的女人是什么人。

朋友原本认为我对女人无兴味的，就说："××若是你觉得这女人还美，我就为你想一个法介绍给你，好使我们君子也得常常见到。君子是见一次总说一次这女人的。"朋友这话显然是出于一个玩笑的意义上，因为他一点也不了解我。他虽然相信我一切使女人见爱的资格不缺少，他总以为我是一个快乐健康的人，说简单点他是把我当成一个孤高独身男子款待，在说话行事各方面，对我是总不缺少一种含蓄的怜悯成分的。为了这个对手，我可不愿多说话了。

但是，稍过了会儿，朋友的妻，象是明白我一点，就告给我关于那女子的许多事。我从君子母亲方面才知道那美妇人是一个牧师的夫人，因为君子间或由她母亲带到××的教堂去玩，所以认识了这妇人。君子母亲另外所知道的只是这妇人在××女校毕业，去年才嫁给××的牧师，牧师比女人年长十五岁。听到这些话后我心上有些为朋友夫妇料想不到的变化。在我面前又象出现了一个仇人，我想象这牧师是一个最坏最卑劣的人物，我估计他们的婚姻完全成立在一种欺骗上，我不相信这女人心上没有一种反动。机会给我一个牺牲自己的时间到了，我陪了君子母女两人到教堂花园看白鹤，牧师不在家，那紫衣美妇人出来招待我们，我有意在那花园里逗留了许久。

我自然就同这牧师夫人认识了，我自然非常懂事在一种初初晤面下，把一个最好最完全的印象给了她。回到朋友家中时，我与那妇人最后的点头、最后的一瞥,我相信自己做了一件伟大的事业,在路上君子的母亲问我,这女人是不是很可爱,我说我将把自己来放到一个危险局面下玩一玩,君子母亲懂我的意思,她对我的了解比她丈夫为多,就笑说一切愿意帮忙。

回到朋友家书房中,躺到特意为我布置的一个小床上,想一切突然而来的事情,想未来,想这时那妇人的情形,全身发烧,可是我仍然用自足的意思克服了这心的驰骋。我明白我应当安安静静在这个小书房睡一晚,把精神留给明天。心急是只能做出一些愚蠢的事情来把问题弄糟的,女人最害怕的就是男子性急。一个聪明的男子,他的聪明只在怎么把意识的速度,维持到事实所批准的情形方面。他明白遐想的无用,他就不应当在孤独的时候去猜想那两人以上关系,因为这猜想照例是非常容易把自己安置到一个与事实相左的谬误情形上去的。

第二天我携了君子去,见到牧师也见到了那牧师夫人,我只同牧师谈了半天话。我同那个靠叫卖圣雅各养得健壮如一匹大袋鼠的人谈神学与宗教学,我同他说中国各派教会事业的变迁,我同他谈洗礼与教会中慈善事业的各样问题,到后还同这袋鼠谈到圣经。幸得是我,才能有这样多废话可说。不消说在牧师方面,在一个长时间的散步中,我就取得了我所需要的。我让这骗子爱我,让他把我的可敬重处告给那个太太,第二天我就做了这点事情。

第三天,又是同君子母女两人去的。朋友这太太当真履行了她的诺言,当我同到那叫卖圣雅各名分的人物继续讨论一切重要问题时,君子的母亲就同那太太讨论我同牧师。

事情的锐变使我自己也吃惊不小,还只第六天,这个美丽妇人就仍穿了她那件紫衣,一个人留在我朋友那小书房中,同我谈爱情了。

一切由她明了了的所需要的我自然不能吝惜。我将我所有的全部给了她,尽她在一种崭新的享受中,用情欲与温柔有意义的消磨了这初夏的日子。

我在我朋友家住了半个月,这妇人就到过那里五次。我回到××,妇人又到过七次。我的行为使我那个朋友吃惊,这好人,他倒奇怪,一个学自然科学的人,倒以为我是凭了好的命运成就的事。他仍然得使用一个好朋友的嘲弄,说我在幸运下赌赢了一注财富,在这些事上我当然用不着分辩,因为直到如今他还是对我的“科学方法”加以怀疑。

你是很明白的,两个年青人的恋爱,先是大多数维持在一个恣肆的行为上面,到不久,这游戏就转到了严肃的情形中了。我们的接近,因为距离发生问题了。我不能把朋友的家作为一个晤面的根据地,又因他种关系,要我搬到××去也办不到。而且我们同时皆不满意现状,我们皆得再进一步,费一点气力,抱一点决心,牺牲一些必须牺牲的幸福,才能达到完全。

本来对妇人只抱了复仇性格的我,在同那妇人以前所遇到的女子，我是照例只同她们在一个恣纵中过一些日子，到后又仍然因为别的事情终于分手了的。我照例同到女人要好，慢慢的看出她的弱点，慢慢的明白了她的个性，在什么生活下就非常幸福，我就总费了些气力，把这人转给一个最恰当的丈夫方面去，我尽他们在要好中把我慢慢疏忽，我尽他们成为一对佳偶，这样人是很有几个的，可惜我这时不能为你说及。但是，自从我一同这牧师太太恋爱以后，我就觉得我应当结婚，而且结婚的女人除了她没有第二个了。我真正为了那不可当的温柔，以及不可当的热情投了降，把一点理性完全失去，要作那使袋鼠祷告上帝处罚我的事了。

我们不顾一切，计划到离开××的生活，甚至于把必需的向社会的辩诉也准备好了。

但是这是一件事实，不是一个架空的故事，我们仍然因为一些使人不相信的新事分手了。为一个比见面更突然的事所打击，她因为到我住处往返来去的长途汽车上，翻了车，一车的人皆连同那一辆汽车摔在路旁小河里面，这意外事情的发生，只去我们离开××两天以前，我在第二天见到当地报上所载的消息，计算时间正是她坐回家的一辆车。我赶忙坐了车到××镇朋友家去，一见到君子母亲，我就知道她也早已知道了这件事。那朋友，还料不到我们的情热，料不到我在两天后就准备要带了那牧师女人逃走，仍然是那科学家样子冷静，而说出玄学家的话语。他说："你的气运触了礁石，昨晚应当做了一个恶梦。"我不理他，就问他太太知不知道是住在什么医院。君子母亲说听他们说到是住在家里，伤处不大，正想等你来一同去看看。

我们不久就到了那教堂旁牧师的家里，在门前小廊下遇见了那牧师，好象是镇夜没有睡眠，心绪非常芜杂的样子，坐在那小椅子上调一碗粥。

自从我同到那女人要好以后，我是只到过他家四次，如今已经有十七天不见到了这博学牧师的。他看到我来了，非常激动，他一点也不明白我同他太太在他背后作的事情。他还以为是我看了报或到朋友家听到君子母亲谈到，才特地来看他同病人的。君子母亲问了他一句话，他即刻就引我们到那妇人的住房去，他进了房，很忧愁的走到妇人床边去，温柔的喊妇人一个奇怪的名字，象是父亲称呼最小的儿女一样神气，告正闭了眼眯着的妇人，有朋友来看望。妇人象是知道来的是我，没有把眼睛即刻睁开，轻轻的叹了一口气。我明白这上面所隐藏的意义。我知道那丈夫的温柔使我难过以外，也使这妇人有一种惭愧。到后把眼睛开了，在那薄媚的脸上保留着惨惨的微笑，我们都没有什么话可说。只听到那袋鼠牧师，说了许多废话，他说到当他听到翻车的时候如何惊惶，到后知道了她在车里又如何着急，到后把人用汽车送来又如何忙乱，他且在这些叙述中，不忘记告我们他对于医药的知识与看护的知识。一个牧师天生就是口舌叫卖的脚色，但我还没有遇到第二个牧师有这个人的博识，且把这知识有条有理的倾泻给人听。当牧师说到一切时,躺在床上用绷带束了头部同臂膊的受伤人,她只是用一种怜悯的眼光望到半秃顶的丈夫。她的皮肤为倾跌所擦伤,她的心为那丈夫也擦伤了。我看到这情形,我想说出几句话,就全没有相宜的话。我平生第一次感到软弱,我不能救济我自己,我看明白有些地方我不及那袋鼠,我懂到女人在某一种情形下会生出一种牺牲自己的心情,因这个突变的事情,我将在一个失败的局面下过日子了。我有些地方,只有承认我那朋友的不科学见解,命运的手抓着我时,尽人事的摆脱,终归无效,我就只好屈服了。

回到朋友家时我感到消沉。我看出我的失败。虽然仍旧不忘记尽人事的种种必需办法。

(到这里我曾问到他的理论。)

理论是不适用了。理论的失败在事实的特殊。我听到这丈夫是一个医生,我就得承认我们的逃亡是只好当成一个将来的可笑故事讲讲了。我那时恨我不是学医的人,因为除了我是一个好医生,我没有方法可以把自己在这个时候战胜那牧师了。我是在任何事情上不忘记“时间与空间”的一个人,在恋爱的成败上我尤其明白这时空的影响。这时她病倒在自己家中,这家中即或是仇人的家,服侍她的即或是她平时所认为仇人的人,因为时间使她的心上勾出了空间,她将在一些反省上看出自己的过失。她将为一些柔情体贴所征服,觉到生活的均衡为适用,而把冒险的热情消磨在回想里。要想她仍然如往日一样,同我在一种昏瞀情形中背了那丈夫逃走，或者离婚，这妇人有考虑的必要，而且这考虑结果，她将按照一个妇人的本能，愿意在平安中保持现状，不愿意向新的生活作一件冒险的投资了。

当夜我住在朋友那小书房中，为了恐怖自己为自己的幻象所苦恼，我同朋友谈了许多另外一些关于学问上的问题。我避开女人的事情不提，仍然象平常许多时节的我了。到后我仍然好好的睡了，因为我需要一个更明澈的头脑，预备在明天再到那牧师家中去看看，或者新的日子能够给我一个新的希望，我不承认我的惨败不可收拾。

第二天我一个人到牧师家中，还是早上，仍然在那病室中，听那个牧师谈关于女人晚上发烧的事。那太太，静静的，柔弱的，躺在床上，一句话不说，间或把眼光同我作一次短短接触，那眼光中充满了异常的忧愁。牧师到后很机警的把我拉到外边，向我说："她发烧，她昨夜说了许多梦话，全是很可怜的一些言语。你来得正好，我希望你陪到她坐坐，谈点话，解解她的闷，我到××有一点事去。我无论如何要下午才能回来。我这个提议你一定不会拒绝。"把这个话说完，我们对望了好一会儿。这是互相人格的了解的对视，不是嗔恨，缺少恶意，我从我的对手眼睛里，望得出一种悲悯博大的精神，我明白他所听到的梦话一定与我有关，我明白这个人虽明白了这事也仍然是毫无芥蒂，且即想在这个错误上加以一种最妥当的补救方法。他理解我而且信任我，他很费了一些思索才会说出这样话来。他一定已经同妇人说了什么话，将给我一个机会同妇人商量处置的方法，他且告给了我下午才会返身，是明明白白说到有许多话许多事情是可以在他没有回家以前办好的。我懂到这个人的意思，平时饶舌的技能，一切皆在一个奇怪的敌人面前失去了。

我想他既然这样了解我，我也不能再在他面前有所掩饰了，就一句话不说，同他紧紧的握了一下手，这牧师，用他慈悲而又羡慕的眼光望了我一眼，抹抹那秃头，走出去了。

我等了一会儿，才走到女人房中去。

“×，××牧师走了，要我留到这里陪你。”我说过了这话，就坐在床旁一张椅子上望到女人的脸。

妇人想了一阵，象是对于我这句话加以一种精密的分析，又象是在另外一件事上作一种遐想，到后才轻轻的说：“你过来一点。”我坐近了一点，把一只手放在那女人嘴边，女人吻了我那手一下，低声的问我，“××同你说了些什么话？”

“他告我你晚上发烧，说梦话说得很多。他似乎完全明白了我们的事情。他好象一夜都没有睡觉。我不知道他怎么样虐待了你。”

女人说：“他虐待我吗？是的，这真是虐待！他知道我们要逃走，他是并没有说什么重话的。他并不向我说过一句使我伤心的话。他只说人太年青了，总免不了常常要做一点任性的事情。他说年青人永远不会懂老年人。他说我的自由并不因为嫁了他而失掉，但应当明白的做一切负责的事情。他说你是一个好情人，他毫无干涉我们接近的意思，他只愿意我们不要以为他是一个顽固的老年人，对于他抱一种误解的责难，就够了。……他对于我就是这种虐待。”女人说过后，就哭了。

我也被这老东西的话虐待了。我的聪明，我的机智，我的种种做人的进取的美德，为这个精巧的谎话所骗，完全摧毁无余，想维护那个三日前的主张，无论如何也不能够了。

我们逃走的计划，自然是办不到了。我因为这突然的转变，我感到应当牺牲的是我自己了。

我终于在这个牧师回家以前，返到朋友家中，稍稍坐了一会儿，就转××去了。

（我说，那你就这样输给那牧师了么？）

我输了。只输过这样一回。因为这次的事情，使我的性格也大变了。我懂女人，越懂女人也越不能把自己跌在一件恋爱上，所以现在真就成为“素人”了。

那女人我到后是仍然见到的，她还来找过我一次。可是我感到一点伤心，我好象只是用一种热情来把女人的身体得到，那无限温柔的心，还仍然是那牧师的。我对于那牧师，在我心上增加了一种惭愧。我没有理由再到那里去了。这人第一面似乎就明白我同他谈话，就只是为得同他年青的美丽的妻亲近。他早就看得出我的目的。他早知道他的妻会同我做出一点不检点的事。如今听到要逃走了，仍然毫不激动，只以为应当看清楚周围有非逃不可的时候，再来计划到这与社会习惯相违的行为。他知道怎样采取了最聪明的方法，使我们毫不因为这发现感到难堪。这成精的人，这有道行有魔力的男子，在他面前他使我自己看出自己的愚蠢，我一个人终于逃走了。

当朋友把故事谈到最后时，我笑了。因为我不相信这故事的发展与结束。我说：

“一个那么长于理论的人，在这件事上，是还缺少一个必需失败的充分理由的。”

“要明白理由么？我先前不是说过，我总是把我所爱的女人，为她选上一个与她最相宜的男子这件事么？我是一个好情人，却并不是一个好丈夫，我不能在恋爱上扮小丑，就只是这一个理由，那女人我就再也不见面了。”

“难道就这样结束么？”

“你以为应当怎么样结束呢？”

…………

到后我们出去时，走到山门边，买桂花栗子，朋友正弯下腰去拾栗子，见有一个年青女人正想下轿，后面一个轿子上的中年男子，象是那女人的父亲，就用北方话说：“天气夜了，不要看那些鱼。”两顶藤轿就从山门外走过，向岳坟路上，消失在那几株老栗树后了。那时天气的确已经快要断黑，天上的霞已经作深紫色，朋友忽然象有了心事，问我是不是常常为一种天气把自己的性格变化，我说这变化是有的，但只是暂时，不是永远。他却说，他是与我不同的。因为我那时在吃栗子看天上的霞，他也在吃栗子看天上的霞，我们就没有再说什么话。

回到旅馆朋友说明天想返上海，因为什么我是不明白的，当时我曾用笑话说："是不是仍然还得过××去做那牧师座上的嘉宾？"朋友点点头，接着就狂笑了许久。

早上看时报，看到××通讯，想起那正是朋友所说故事发生的那县份，我发生一种莫可名言的兴味，过细看了一下内容。上面说：

……××牧师，被十七夜的窑市变兵戕杀后，已有三名变兵被七营捉获解省。

当时把那报纸剪下，想到去问问一个与那朋友常常通信的熟人，问了许多人皆说听说是在唐山煤矿公司总务科做事。我正想把这剪下的报纸寄去，朋友却正从北平来信告我，最近已经同一个协和医学院的女生订婚了，这独身的计划的变更，是完全在玉泉谈那故事以后望到天上红霞所生的新的生活态度。看了那个信，我把它连同那一片剪下的报纸一起丢到火炉里，望到它燃过后作浅蓝色火焰，许久未熄，我心上象完全为什么所蚀空的模样，仿佛成为一个悲剧的中心人物，痴了许久。

作于一九三〇年

自　　杀

被同事称为幸福人的刘习舜教授,下午三点左右,在××大学心理学班上讲完了"爱与惊讶"一课,记起与家中太太早先约好的话,便坐了自用车回家。到家时,太太正在小客厅里布置一切,把一束蓝色花枝安插到一个白建瓷瓶里去。见教授回来了,从窗下过身,赶忙跑出客厅招手。

"来,来,看我的花!"

教授跟教授太太进了客厅里,看太太插花。"美极了!"教授那么说着,一面赞赏花枝一面赞赏插花那个人。太太穿的是件浅炒米黄袍子,配上披在两肩起大波纹的漆黑头发,净白的鹅蛋脸,两只纤秀的白手在那束蓝花中进出。面前蓝花却蓝得如一堆稀奇火焰,那么光辉同时又那么静。这境界,这花同人,真是太美丽太美丽了。记起另一时一个北方朋友称赞太太的几句痴话,教授不由得不笑了。他觉得很幸福,一种真正值得旁人羡慕的幸福。

想说一句话,就说:"这不是毋忘我草吗?"太太似乎没听到,不作理会。

太太把花安排妥当时，看了教授一眼，很快乐的问道："这花买要多少钱？你猜猜。"

"一块钱……"

"一块钱，总是一块两块钱，我告诉你，不多不少一毛六分钱。你瞧，在那瓶子里多美！"

"真的，美极了。"

太太把花插妥后，捧了花瓶搁在客厅南角隅一张紫檀条几上去。看看觉得不妥当，又移到窗台上去。于是坐在小黑沙发上，那么躺着，欣赏在米色窗纱前的蓝花，且望着花笑。

教授把美丽的太太一只美丽的手拖着，吻了一下，"宝贝，你真会布置。这客厅里太需要那么一点蓝色了。"受到这种赞美的太太，显得更活泼了一点，不做声，微笑着。

教授说："这不象毋忘我草！"

太太笑着说："谁说是毋忘我草？你这个也分别不出！我本想买一小盆毋忘我草，还不是时候，花不上市。那角上需要一点颜色。红的不成，要蓝的。应当平面铺开，不应当簇拥坟起。平面铺开才能和窗口调和，同瓶子相称；你看，是不是？"

"就那么好极了。我只觉得那瓶子稍微高了一点。"

"唔哼，若是个宽口小盆，当然就更合式！"

保姆进来倒茶，把桌上残余花枝收拾出去。

"王妈，有客来吗？"

王妈一面收拾桌子一面说:“农学院周先生来电话,说南京什么赵老爷来了,先生要看他,过周先生家里可见着。”

太太说:“不是赵公愚吗?”

教授说:“怎么不是他?春天北方考察三省行政,还说就便要在天津同赵太太离婚。世界变了,五十岁的人也闹离婚。那知道太太不答应,赵老先生就向他女儿说:‘妈妈不离婚,我就自杀!’女儿气极了,向他说:‘好,爸爸你要自杀回南京去自杀,这件事我们管不着。你不要太太了,我要母亲。我明年北大毕了业,养母亲。’这样一来,赵老先生倒不再说自杀了。”

“这是道学家的革命!”

“一种流行传染病。(几个妙人的故事重新温习)赵老先生人老心不老,在南京那种新官僚里混,自然要那么革一次命。还有虞先生,据说太太什么都不坏,只是不承认他的天才,不佩服他,所以非离婚不可,到后居然就离婚了。有人问到他离婚真实原因是不是这件事,他就否认。人向他说:‘若用这种事作理由,未免太对不起那个夫人了。’他就作成很认真的神气说:‘社会那么不了解我,不原谅我,我要自杀!’害得那熟人老担心,深怕因这番谈话刺激了他出个人命案件。到如今,看看他还在做七言香艳诗赠老朋友某,音韵典故,十分讲究,照情形看大约一时已不会自杀了,才放下心!这种传染病过去一时在青年人方面极其厉害,如今青年人已经有了免疫性,不成问题,却转到中年人身上来了。病上了身也就见寒作热,发疯发狂。目前似乎还无方法可以医疗这种怪病。”

太太笑着说:“怎么没有方法?”

王妈看看教授大皮包,记起日里一个快信来了,就向教授请示:“有四封平信一个快信搁在北屋书房桌子上,要不要拿来。”王妈取信去。

太太接续着先前那个问题谈下去,“你说的那种病,照我想来也容易治疗。你想想你自己从前是好人还是病人?说不定小媛媛长到十八岁时,也会向你说:‘爸爸,你想自杀吗。我这儿有手枪。’”

教授聊作解嘲似的分辩说:“害过那种病的人就有了免疫性。再过十八年我若真的还会第二次害病,我们小媛媛一定当真把手枪递给我。有这样一个女儿,倒不好办!”

王妈取信来时,同时把小媛媛抱进客厅。小媛媛是两夫妇唯一的女儿,一家的宝贝,年纪还刚满周岁。照习惯小媛媛从王妈手中抢了那个信,又亲手交给她爸爸。

教授接了信,拉着媛媛小手拍抚,逗她说:“媛媛,今天在公园里看不看见大白鹤?在水上飞呀!飞呀!”

小媛媛学着爸爸说:“飞,飞,爸爸飞。”

“爸爸飞,飞到什么地方去?爸爸一飞可不成!”

“飞,飞,爸爸飞。”

教授一面看信,一面同小女孩信口说着话。“爸爸飞到公园去，飞到天上去。”不禁笑将起来。忙把信递给太太，太太一看，原来是上海东方杂志社的编辑史先生写来的。来信要他写篇论文，题目恰好就是两人正说起的“人为什么要自杀”。教授说：“可惜我不会写小说，不然就用赵先生虞先生的故事，作一篇小说一定很有意思。”

教授太太把信还给教授后，从王妈手中抱过了小媛媛，很亲爱的吻着小媛媛的手掌，指着瓶中的蓝花，“宝宝，看，花花！”

小媛媛在母亲怀中也低低的呼唤着：“花，花，妈妈花！飞，飞，爸爸飞。”

“妈妈花，爸爸飞，小媛媛呢？”

小媛媛好象思索爸爸这两句话的意义，把两只大而秀美的眼睛盯着教授，“爸爸，爸爸，飞！”

廊下电话铃响了一阵，王妈去接电话，知道是粕粕胡同王家王先生要教授说话。教授接完电话，回返客厅时，脸上有点无可奈何的神气。教授太太猜想得到是什么事，“你们又要到公园开会去，是不是？”

“谁说不是。小媛媛，爸爸一会儿真的就要飞到公园去了！”

太太眼睛望着那蓝花，轻轻的说：“不飞，不成？”

“我也想不飞。可是，学校事不理不问，哪里行？到东城去买衣料，明天陪你去好不好？——宝贝，你那眉毛真美……”说时，教授瞅着太太轻轻的叹了一口气。他太幸福了。看到太太一双长眉，想起一句诗："长眉入鬓愁"，什么愁？记不清楚了。

太太见教授有点儿谄媚神气，知道那是什么原因，便说："你有事，你去作你的事。"

"我舍不得你。"

"有什么舍不得我？"

"我陪你去。王妈，王妈……"他意思要打电话。

"得了。"

小媛媛说："飞！飞！"

教授把怀中金表掏出一看，快到四点了。约会原定四点半，时间已不早，便站起身来预备过西屋浴室去洗手。

小媛媛又说："爸爸，飞！飞！"

教授开玩笑似的向媛媛说："是的，小媛媛，爸爸真要飞。"且举起两只手作成翅膀展开的姿势，逗引小媛媛。

太太不做声，抱了媛媛随同教授出了客厅，到院子中去看向日葵。"葵藿有心终向日，杨花无力转随风。"数数它的数目，八朵、九朵、十三朵。一个不吉利的数目。于是把旁枝一朵小小的也加上了，凑成十四。

雨后初晴，公园游人特别多。园中树枝恰如洗过一般新鲜，入目爽朗。教授在僻静地方茶座下，找着了同事王先生。随即又到了胡子戴先生，左先生，高个子宋先生。几人坐下来正讨论到学校下半年本系人事上的种种变动，忽然有个小女孩子声音喊"王伯伯,王伯伯”。女孩子年纪大约十一二岁,生长得长眉秀目,一条鼻子尤其美丽。到了王先生身边,就说:“王伯伯,怎么不到我姑妈家里去玩? 谁得罪了您? ……这是谁?”(她向着那个大胡子问)王先生便说:“这是戴伯伯。”女孩叫了一声“戴伯伯”。掉头来望着一个高个子,开口问:“这是谁? 王伯伯。”王先生便说:“这是宋伯伯。”女孩照样又叫了一声“宋伯伯”。又指着另外一个胡子问是谁,说是“左伯伯”,也叫了一声“左伯伯”。

末了这女孩子瞅定了教授,看了又看,“这是谁? 王伯伯。”

王先生说:“刘伯伯。”

“刘伯伯?”女孩子估量了教授一下,“刘叔叔,”那么轻轻的叫着。引得在座众人一齐笑将起来。

王先生说:“嗨,大莲,怎么刘伯伯叫刘叔叔? 你上次不是在《北洋画报》上见到一个美人,你说很欢喜她,样子象妈妈,剪下来贴在镜子上吗? 那就是刘伯母!”

女孩子偏个小头觑着教授,“王伯伯,真的吗?”

王先生说:“怎么不是真的? 你什么时候同我去刘伯伯家里,就可看看刘伯母。”

“是真的吗!”

“你去看看就知道了。”

“刘伯母家里有小宝宝吗?”

“有一个小宝宝,你还可以去看看他家小宝宝,同小宝宝玩!”

“好，赶明儿我就去，王伯伯，是真的吗？”

“你问刘伯伯！”

小女孩很害羞似的把小嘴唇咬着，露出一排细细的洁白牙齿，望了教授好一会儿，俨然从教授神气之间看出了一点秘密，忽然自言自语说道：“是真的！是真的！”

“同王伯伯到我家里来玩！”

“好。”把头点点，一只燕子似的飞去了。

小女孩子走后，王先生望着那小小背影，作了一个喟然叹息的动作。左教授问王先生：“那孩子是谁家的小孩子？”

王先生半天不说话。

几人都为这小孩子迷惑了，接着都说这小孩子眉眼异常，与一般女孩子不同。经王先生说明，方知道原来这小孩子就是六年前在上海极有名的姚李案中的遗孽。母亲原是个出名的美人，一个牙医的女儿，嫁给阔公子李××。结婚后两人情好异常，毫无芥蒂。不料结婚七年后，这女人忽然平白无故自杀了。自杀的原因既极暧昧，社会上皆以为必是男的另外有了钟情的女子，但这种揣测却毫无根据。男的此后生活且证明了个人的行为毫无瑕疵。于是另外又有了一种揣测，就是说女的爱了一个极其平凡的男子，或说是个有中表亲的中学生，或说是一个画家，这件事受各方面的牵制，女的因此自杀了。三年后男的抑郁无聊，跑到黄山又自杀了。男的遗书中证明了女的自杀秘密还是另外一件事。至于另外一件事是什么,男的遗书中却说等到女孩子二十岁同人订婚时可从一个文件中明白。两人死后剩下的遗孤,被一个姑母带过北京来住,她的姑父原来就是生物学家杨××。

教授回到家中,同太太把晚饭吃过后,谈闲天谈到日里在公园中见及的那个小女孩,且谈到小女孩母亲自杀的故事,以为很不可解。太太便说:"人类事情不可解的地方多得很,至于这种自杀,倒平平常常。"为什么觉得平平常常,教授却想不通。当时问太太,这平常指的是什么意思。太太只笑笑,不说下去。

到了晚上,教授个人在小书房中写《人为什么要自杀》那篇文章。翻了好些参考书,书中所讨论到的一切学理,所举证的一切事例,虽无一不备,可是思想一同日里几件人事接触,便不知道真理应搁在那一方面比较适合了。

教授想:一定的,有的自杀不可分类,置入经济困难恋爱失败,以及任何一类都不相宜。为了一种错觉、一种幻想、一种属于生理心理两方面骤然而来带传染性的(一本书中提出的一句话一个观念)病症,也会自杀。为了奢侈(倘若这人凭理性认为挥霍生命是最大奢侈),也会自杀。但自杀的原因,若为了生存困难,为了经营商业或恋爱失败,社会却认为那是避责任与痛苦,因怯于坚忍生存而想到死,是件犯罪的行为。值得奖励的自杀,必事到临头还头脑清明,毫无异态。必承认生命是属于自己的,同时自己又是个很认识生命、爱惜生命的人,为了死可以达到某一个高尚的理想,完成某一种美丽的企图,为了处置生命到一个美丽形式里去,一死正类乎伟大戏剧或故事所不可少的情节,因此从从容容照计划作去。这种自杀有的为求人类自由、文化进步、历史改造,也有的是为一己;为使一己生命达到一个高点,社会皆认为难能可贵。然而童养媳偷偷的在土灶边吞烟,与苏格拉底在狱中喝那一杯毒药,前者的死与后者的死,真正有什么不同处?倘若某种人的死,为的是留给此后活人一个美或深的印象,我们对于许多这种死的印象,有时却不如许多人类愚蠢行为来得更深切。为了怕生而去死的人也很多,这种人近于懦。为了想生于别人印象里而死的人很多,这种人却近于贪。"贪生怕死"是一句骂人的话,世界上还有"贪生不怕死"的人,作出的事是道德还是不道德?……自杀也许还有人是在一种纯粹无所谓的情形下作的……完全无结论的思索。

教授只觉得自己心中有点儿乱,有点儿胡涂。看看钟已十二点过五分,面前一堆书、一片纸。灯光很温柔的抚着花梨木桌面,一些小虫在窗上或用脚轻轻的爬着,或用身体轻轻的撞着。一切那么静。一家人全入了睡乡,厨子、保姆、小媛媛,皆已各自安静的躺在铺床上做梦了。教授把手中捏着那枝笔头按着心部,仿佛听一声枪响,"叭",完了。好象什么都完了。把身体向椅背一仰,笔放下了。自诉似的心中说着:"我不是个乐于自杀的人,我是个性情懦怯逃避责任的人。然而,如今我完了。幸福,远了。……什么是幸福?人人都说我有个好妻子,便是今天李家那悲剧渣滓小女孩子，也居然把她的相片从画报上剪下，时时那么注目忘情的对望着。有一个爱她的大学生，为得不到她也去自杀过一次。有人可以从她的美丽上感觉幸福，又有人从她美丽上感到不幸。为什么我同这个女子那么贴近，反而把她看得平平常常，从不惊讶？”

教授的小书房兼卧房，有一扇小小的黑门通过太太的卧房，这时节那扇小门，轻轻的被推开了。太太看看书房还有灯光，知道教授还未上床，把一只白手向里摇摇，且亲昵温柔说道：

“怎不睡觉？还作事吗？响了十二点，应当休息了。你听，响雷了！天亮以前会落雨的。你要茶吗？你写些什么？我来看看成不成？”

教授不做声。在门边站着的太太于是又说：

“为什么老在桌边？那文章不作，不成吗？你要——”

“我什么都不要，宝贝。你睡去，我还有事情！”

“什么都不要，连我也不要了吗？”

“宝贝，我在作事！”

太太小孩子似的，在门边站了一会儿，却不要教授许可，破例走近教授的桌边来了。“你不要我我也来了。你一作事一读书就讨厌我，来看你就说是麻烦你。真不公平！”

教授太太这时已换了一件白色软绒薄寝衣，头发散开编成两条辫子，脸臂皮肤，腻白莹洁如玉琢成的。长眉秀目，颊际微红薄媚，更觉得光艳照人。教授只是微笑。太太了解丈夫在构思一个问题,原谅了丈夫疏忽体贴处,拍着教授的肩膀,偎在椅旁站了一忽后,得到丈夫一个吻后,就快乐的回到自己卧房去了。教授目望着那扇小门,叹了一口气,自言自语说:"唉,人!"

教授随手在身边小书架上取了一本俄国人作的长篇小说,翻看到的一节。正描写一个男子想象到他所爱恋的农村女人,如何用白首巾包裹头发,脱了衣裳,预备上床。自己如何睡在那有香草味的新棉被里,辗转不眠。作者一枝生动的笔,竟把读者带入书里所写的境界中去,俨然承认作者所提示的情境方算得是爱。

一会儿雨落了,雷声也大起来了,小孩房中灯光明亮,教授知道是太太到小媛媛房中看察窗子,看察小媛媛被盖。平时这种事常常是两人同作,这时节他却不起身,仍然坐在桌边不动,而且继续想着白天见到的那个大莲。一个雷声过后接着洒了一阵雨点,院中席棚被雨点打得很响。通太太卧房那扇小门又轻轻的推开了。

教授说:"宝贝,您怎么还不睡?"

"天上响雷,我有点怕,睡不着。"

"又不是小孩子,还怕雷!"

"落大雨了,你怎么还不睡? 你不怕响雷,雷雨也不怕吗?"

"我不怕!"

"真的吗? 你不管我,我就要落雨了!"嘭的把那扇小门关上了。

一句诗:"泪如春雨不曾晴。"这诗是两人日前同读过某近人集中的句子。教授憬然悟了一个问题,赶忙起身走过太太房中去。太太伏身在床上，业已泪光莹然了。教授用了许多方法把太太精神振起时，见太太脸上的容光，那么美丽，教授笑着说："宝贝，你真美！"

太太说："你刚才想到些什么问题，老舍不得离开书桌边？"

"我想到自杀问题。(他说时用平常说笑话的神气)你呢？"

太太说："我吗？我同你一样。"

"我不相信！我们不一样。"

"我觉得你不爱我了！"

"这就证明不一样了！我从不疑心到你不爱我。"

"你不疑心我，因为我爱你！"

教授觉得这样子说下去不成，要转变一个话题，"宝贝，我想起白天在公园见到那个小女孩子。再过十年这女孩子到了二十岁，独自发现她那个母亲的秘密时，那情形真有点不易设想！"

太太固持的重说道："你不爱我了。"

她心想：那小孩子二十岁你四十岁。

一个雷声，小媛媛被惊醒哭了，太太赶忙起身从另一个小门走过小孩小卧房去。

教授坐在床边不动，把左手中指按定自己心部，又仿佛听到什么地方"叭"的一声，于是伏身下去，吻着那个美丽太太的白枕头，许久许久。意思正象是答复太太那句话，"我爱你！"他重新记起刚才看到那本小说那一节描写，仿佛有一点忧郁，不知从什么地方继续侵进生活中，想用力挪开它，可办不到。